古代文学理论与发展演变

张 驰 ◎ 著

吉林出版集团股份有限公司

版权所有　侵权必究

图书在版编目（CIP）数据

古代文学理论与发展演变 / 张驰著. — 长春：吉林出版集团股份有限公司，2024.6

ISBN 978-7-5731-5054-7

Ⅰ.①古… Ⅱ.①张… Ⅲ.①中国文学－古典文学研究 Ⅳ.①I206.2

中国国家版本馆CIP数据核字（2024）第104643号

古代文学理论与发展演变
GUDAI WENXUE LILUN YU FAZHAN YANBIAN

著　　者	张　驰
出版策划	崔文辉
责任编辑	王　妍
封面设计	文　一
出　　版	吉林出版集团股份有限公司
	（长春市福祉大路5788号，邮政编码：130118）
发　　行	吉林出版集团译文图书经营有限公司
	（http://shop34896900.taobao.com）
电　　话	总编办：0431-81629909　营销部：0431-81629880/81629900
印　　刷	廊坊市广阳区九洲印刷厂
开　　本	710mm×1000mm　1/16
字　　数	220千字
印　　张	14
版　　次	2024年6月第1版
印　　次	2024年6月第1次印刷
书　　号	ISBN 978-7-5731-5054-7
定　　价	85.00元

如发现印装质量问题，影响阅读，请与印刷厂联系调换。电话0316-2803040

前　言

从先秦时代开始，我国的文学就走上了一条独特的发展之路，从百家争鸣的春秋战国时代到封建大一统的最后王朝，中国古代文学随着政权的变化、经济的发展体现出了极为丰富的时代特征，想要对中国古代文学进行透彻的分析和总结是一件极困难的工作。

改革开放初期，中国古代文学研究者着重对中国文学的特色和理论体系进行梳理，但是由于中国文学在数千年的发展过程中包罗万象，各界至今仍然对中国文学理论难以达成统一的认识。

本书创作的最终目的是对构建中国特色文学理论体系进行尝试性探索，因此笔者着重对历史和当代文学研究中具有共性的研究方向和结论成果进行了进一步梳理和总结，对一些研究细节进行了拓展，希望能够为构建中国古代文学理论体系略尽绵力。

本书在撰写的过程中参考了很多相关资料，在这里表示衷心的感谢。中国古代文学作品浩如烟海，优秀的作家和文人不知凡几，以一家之说言古人之作甚觉力有未逮，书中所言定有不足，希望各位学者不吝指正，必然虚心接受。

目　录

第一章　文学的本质 …………………………………………………… 1
第一节　中西文论对文学本质的见解 ………………………………… 1
第二节　文学是一种社会意识形态 …………………………………… 8
第三节　文学是一种审美意识形态 ………………………………… 15

第二章　文学的特征与作用 …………………………………………… 22
第一节　文学反映社会生活的特殊性 ……………………………… 22
第二节　文学是语言的艺术 ………………………………………… 29
第三节　文学的社会作用 …………………………………………… 31

第三章　中国古代文学观念 …………………………………………… 36
第一节　中国古代文学观念渊源及发展 …………………………… 36
第二节　孔子思想与儒家文学观念 ………………………………… 44
第三节　老庄哲学与道家的文学观念 ……………………………… 51
第四节　法家的文学观念 …………………………………………… 55

第四章　中国古代文学研究理论 ……………………………………… 59
第一节　中国古代文学的创作发生论 ……………………………… 59
第二节　中国古代文学的创作构思论 ……………………………… 65
第三节　中国古代文学的创作方法论 ……………………………… 74

第五章　中国古代文学的批判思想与批判主题 ……………………… 87
第一节　两汉史学批评思想的由来 ………………………………… 87
第二节　元曲的批评体分析 ………………………………………… 94
第三节　中国古代小说批评文体研究 ……………………………… 112

第六章　中国古代文学浪漫主义主题 ………………………………… 122
第一节　中国古代文学浪漫主义主题的成因 ……………………… 122

· I ·

第二节　中国古代文学浪漫主义主题的创作方向分析 ……………… 127

第七章　文学的风格流派与文学鉴赏 …………………………………… 136
　　第一节　文学风格 …………………………………………………… 136
　　第二节　文学流派 …………………………………………………… 145
　　第三节　文学鉴赏的性质和意义 …………………………………… 151
　　第四节　文学鉴赏的基本规律 ……………………………………… 156

第八章　文学批评 …………………………………………………………… 165
　　第一节　文学批评的性质和作用 …………………………………… 165
　　第二节　文学批评的标准 …………………………………………… 170
　　第三节　文学批评的方法 …………………………………………… 177

第九章　中国古代文学理论的发展 ……………………………………… 185
　　第一节　中国古代文学理论的发展 ………………………………… 185
　　第二节　文学随社会的发展而发展 ………………………………… 202
　　第三节　文学发展的社会原因 ……………………………………… 207
　　第四节　文学发展中的继承与革新 ………………………………… 212

参考文献 …………………………………………………………………… 216

第一章　文学的本质

　　正确理解文学的本质和特征，回答"什么是文学"，是文学理论中一个最根本的问题。从马克思主义整体与联系的系统观点来看，任何事物都有自己的本质。文学的本质主要由文学自身内部诸要素的相互联系、相互作用所决定。但是文学与社会，与时代，与作者、读者及作品所处的审美环境密切联系，并在不同层次上显示其性质。因此，文学的本质不是单一的，可以从不同层次去认识和把握。我们要全面阐明文学的本质就不能只从文学本身去认识，既要从文学和社会生活的关系去解释其作为社会意识形态的社会本质，同时更应该从文学自身的内部联系去理解其作为审美意识形态的、特殊的审美本质，这是我们认识并阐述文学本质的出发点。

第一节　中西文论对文学本质的见解

一、文学概念的演变

　　从文学概念的演变来看，先秦著作中开始出现了"文学"或"文""言辞"的概念。但这一时期"文学"一词泛指包括诗歌、文学性散文，以及哲学、政治、历史著作在内的一切学术文化的书面著作。两汉时期随着诗歌创作的发展及辞赋、史传文学的兴起，逐步认识到诗歌及文学散文的特点和作用，因而在《史记》《汉书》中开始有了"文学"与"文章"之分，但其含义恰与今天相反。"文学"是专指学术性著作和种种政令、律法；"文章"才是指带有文采的辞章，即文学作品。近代章太炎在《文学论略》中说，"何谓文学？以有文字，著以竹帛，故谓之文；论其法则，谓之文学"。他所说的"文"是指文学，而"文学"是指论文学法则的文学理论。现代一般把文学作品分为诗歌、小说、戏剧、散文四类，文学理论则是文学实践经验的总结，是文艺科学重要的分支学科之一。

在西方关于文学的含义历来也有两种不同的解释。"文学"（Literature）这一术语在英语中，它的语源来自 Litera——文字，暗示着"文学"仅限指手写的或印行的文献，所以有人认为凡是印刷品都可称为文学。还有人局限于"名著"的范围给文学下定义，只注意其"出色的文字表达形式"，而不问其题材如何。到了19世纪，英国文学批评家亚诺尔特认为，"文学是一个广泛的名词；它可以解释为：凡用文字书写或印成书本的一切著述的总称"。同是19世纪的英国哲学家赫胥黎则认为："文学就是美文学的同义语。"把文学称为"美文学"，就把具有审美本质的文学作品和非文学的书面著作区分开来了。现代西方有的学者仍然沿用"美文学"的说法，强调文学作为一种审美意识形态的语言艺术的本质特点。

从中西文论有关文学定义的演变看，在相当一段历史时期都把凡是用文字书写或印刷出来，或著以竹帛的一切著作看作文学，不仅在文学中忽视了口头文学，而且完全混淆了文学与非文学的界限。产生这种看法的原因，一方面由于文学于产生、发展阶段，其特点和作用仍未充分显示出来。同时，人类最初对文学及其本质的思考只是包括对自然和人生的哲学思考中，文学还统辖哲学、宗教范畴。另一方面，文学作为一种复杂的社会现象，文学与非文学的语言用法是流动的，没有绝对的界限，因而往往未能把那些不以审美为目标而具有美学因素的科学论文、哲学论文甚至个人信札区别开来，而把那些以美感作用占主导地位的作品，如抒情诗、史诗和戏剧等作品界定为文学。只有当文学日趋发展，人们从理论上对文学做出比较科学的认识，作为一种独立的审美形态显得日益重要之时，才能从哲学"统辖"时期进入自觉的文学时期。中国魏晋南北朝文学理论批评的发展，标志着人们对于文学观点、对于文学的本质、特点和某些规律，已有较深入的认识，因而这时的文学才与其他学术区分开来。公元5世纪宋文帝立四学，把文学与儒学、玄学、史学并列，此后文学才成为一个独立了。随着文学理论的产生、发展，人类对文学的认识也从模糊到清晰，由非自觉到自觉，越来越具体、深刻。

二、古代文论对文学本质的理解

从中西古代文论关于文学本质的主导倾向来看，中国古代文论侧重于"言志""缘情"的"表现"说，认为文学是表现作者情志的，主张在效法自然的基础上，重情感、重主观表现。

"言志"说最早见于先秦儒家经典《尚书·尧典》："诗言志，歌永言，声依永，律和声。"《左传》《庄子》《荀子》等书都有类似的见解。这里的"诗"实际上是诗歌、音乐、舞蹈等艺术的总称。"言志"与"缘情"说在汉代《毛诗序》里得到综合阐发："诗者，志之所之也，在心为志，发言为诗。情动于中而形于言。"此外，还有"文以气为主""文以情为主""文以意为主"以及"怨愤著书"等说，实际都是表现说。

中国古代文论还认为戏剧、小说也是表现情志的。汤显祖谈《牡丹亭》、脂砚斋评《红楼梦》就有"情之所必有""因情提笔"的说法。"言志"说中"志"的含义包括人的志向、抱负、情感、心情、思想、愿望等。言志就是要陈述、表现人的内心世界，表现人的思想感情，重主观，更重感情。而"缘情"是对"言志"的发展，强调文学创作审美情感更加重要，这是对文学本质认识的深化。《礼记·乐记》指出，"凡心之起，由人心生也。人心之动，物使之然也。感之物而动，故形于声"。这里说的人的"心"即"志"，是源于"物"的，就是说情志是现实生活的反映。这样就在朴素唯物论的基础上说明了意识与存在的关系。到了魏晋南北朝，出现了许多文学理论批评家及文学评论专著，如曹丕的《典论·论文》、陆机的《文赋》、刘勰的《文心雕龙》和钟嵘的《诗品》等，总结了先秦以来一千多年的文学创作实践经验，对文学的性质、规律进行了比较系统深入的阐发，提出了许多精辟的见解。如刘勰说，"人禀七情，应物斯感，感物吟志，莫非自然"。钟嵘说，"气之动物，物之感人，故摇荡性情，形诸舞咏"。他们不仅明确了文学是情志的表现，而且进一步指出作家的情志即思想感情是由客观世界的社会现实、自然景物所引发的，从而对文学与现实的关系，对文学本质的理解做出朴素唯物主义的解释，较之当代西方表现说还高明许多。但中国古代文论对文学本质的认识，也存在唯心主义的看法，如对于"情""志"也存在不同理解，甚至把情志完全归结为作家个人的心灵、欲念的表现，无视文学与社会现实的联系。

自两汉以后，出现"言志"与"载道"两大理论派别。"文以载道"的"道"乃指圣人之"道"，即把文学视为某种绝对精神的表现，竭力宣扬孔孟以来的封建道统、文统，以圣人之道的说教来代替客观事物的真实抒写，根本抹煞文学的特点，这无疑是一种唯心主义的文学观点。李贽主张的"童心"说，有所谓"童心者，真心也"，以是否有真情实感为标准，批判代圣人立言的伪文学，在当时起了反复古、反道学的积极作用。但其未能摆脱唯心主义观点体系，有脱离人的实践经验的倾向。

西方的古典文学理论对文学本质的见解，其主导倾向认为文学的本质是用以模仿或再现自然和生活。最早提出"模仿说"的是古希腊柏拉图。由于受他的客观唯心主义思想，认为现实之外有一个"理念"的世界，而现实世界只是它的"影子"，因而模仿现实世界的艺术，只能是"影子的影子"，这就歪曲了模仿说原有的朴素唯物主义的含义。亚里士多德反对柏拉图的理念论，明确肯定现实世界的真实性，认为历史家和诗人的区别在于"一叙述已发生的事，一描述可能发生的事"。由此可见亚氏的模仿说，完全不是柏拉图说的只是模仿现实世界的外形，而是要表现其普遍性和必然性，反映现实的内在本质和规律。模仿说所以能在欧洲雄霸两千多年，就是因为它建立在朴素唯物论基础上，强调了艺术的虚构创造的品格，因此我们不应该对模仿说做简单、机械的解释。当然，它终究是在"模仿"的框架里去看待艺术及其本质的，侧重于客观和写实，况且模仿常被人理解为复制，机械。

继模仿说之后，欧洲还出现"镜子说"，很多艺术家把文学看成是一种人生或自然的"镜子"。此外俄国又出现了"再现说"。别林斯基说"艺术是现实的复制"，认为艺术的任务是"显示生活的实际存在的样子"。车尔尼雪夫斯基更明确指出，"再现生活是艺术的一般特点，是它的本质"。这些见解，从文学与自然和社会生活的关系方面，指出了文学的本质，是模仿或再现自然和社会生活，这立足于朴素唯物主义。

与此相比，西方文学理论中，唯心主义的观点却极为突出，而且源远流长。古希腊的柏拉图提出理念的"影子说"，同时认为凡是高明的诗人，作成优美的诗歌，"是因为他们得到灵感，有神力凭附着"。至18世纪，德国康德认为"美的艺术是天才的艺术"，从主观唯心主义去看待文学。德国古典哲学和美学集大成者黑格尔则认为"美是理念的感性显现"。他说的"显现"就是表现，而"理念"是先于人类社会而存在的纯粹精神性的"绝对理念"，宣扬客观唯心主义的观点。

西方的古典文学理论偏重认为文学是对自然和生活的模仿或再现，这种对文学本质功能的见解，虽是朴素唯物主义的观点，但它总不免给人以机械之嫌，它的表现说虽不乏深刻的见解，但基本上还是属于唯心主义。

三、现代西方文论的文学本质观

西方文学理论自古希腊到19世纪上半叶，基本上"模仿论""再现说"占了绝对的统治地位。后面，"表现说"兴起并出现了"符号论"。20世纪现代西方文论最显著的变化是从"模仿论"走向"表现论"，在"再现与表现、客观与主观、理性与非理性"的关系上，显露出对表现的追求，对主观的偏重以及反理性、反传统的倾向。在现代美学史上，克罗齐首创表现说，英国的科林伍德根本否认艺术上的再现特点，进一步强调艺术的表现特征，后来贝尔把艺术作品看作是"有意味的形式"，佛莱则认为"审美感情只是一种关于形式的感情"。他们把"表现说"发展成为"形式说"。卡西尔还提出"艺术可以定义为一种符号的语言"，苏珊·朗格也说"艺术是情感的符号"，因此，艺术发展成为"符号说"。

这样就逐步形成了现代西方美学界新的表现主义——形式主义流派，甚至成为美英美学的正宗流派。在他们看来，文学作为自我表现不仅是主观的，而且是形式的东西，目的是适应并服务于现代西方反现实主义的现代派艺术实践的发展。即使这样，他们在探索情感表现和形式技巧方面取得的某些成绩还是不宜抹煞的。应该指出，表现主义——形式主义的文学实践及其理论不仅从来不曾完全统治西方文坛，而是在不断更迭变化中企求生存。

当代美国美学家托尔尼兹概括提出四种文学创作理论：模仿说、情感说、形式主义理论和完美理论。前两者从文学以外的东西，即从生活或情感去理解文学本质，后两种则想从文学本身去发现文学是什么。形式主义否定现实生活在文学中的意义，主张只研究文学中各种形式的媒介因素。完美理论则把文学作品看作是一种审美对象，强调它"内在的知觉特征"。四种理论各有长短，有助于我们从各方面了解有关文学本质的理论的大体轮廓。其实西方文学理论早已经超出这四种基本框架了。一方面表现在欧美要求文学再现现实的现实主义创作和理论，不仅源远流长，而且在开放体系中不断发展着。另一方面更为重要的是马克思主义文学理论，在历史唯物主义和辩证唯物主义的科学基础上，坚持文学是现实生活的能动反映的同时，强调文学的审美情感，把文学看作是一种审美意识形态，20世纪以来已成为最有国际影响的强大的文学潮流，历久不衰。

当代西方对文学本质、文学定义的各种理论，出现交叉重叠、互相渗透、综合发展的趋势。不少学者认为，没有任何一种看法能独立说明一切文学作品，主张博采众长，扬长避短，并把重点放在文学本体与作品的构成上。如美国赫斯在《文学鉴赏辅导》中认为对文学的本质,历来有三种不同看法:一是文学是对生活的模仿,再现生活是为了揭示它的本质,重点在作品,标准是作品的真实性;二是文学是作家的自我表现,主张表现作家自己的感情和个性,重点在于作家,标准是感情的真挚;三是为了某种效果而存在的,目的既非模仿,也非表现,而是为了激发读者情感情,产生一定效果,主张用情感传达体验并感染其他人,重点在于读者,标准是给读者以快乐和教益。赫斯以作品、作者、读者为重点,主张反映现实的真实性、表现情感的真挚性、读者接受的效果性三种理论的结合。这种综合三种理论,扬长避短,从整体认识文学本质的方法,有利于从不同层次把握文学的本质。从方法论讲,这对我们具有借鉴意义。

第二节　文学是一种社会意识形态

马克思、恩格斯所创立的历史唯物主义和辩证唯物主义,在人类历史上第一次发现并阐明了人类历史的发展规律,深刻地揭示了社会存在和社会意识、经济基础与上层建筑,以及包括文学艺术在内的各种社会意识形态之间的相互关系,为全面科学地揭示文学艺术的本质、规律和特点,奠定了理论基础。

一、文学是社会生活的艺术反映

马克思主义的文学理论认为文学是一种社会意识形态,文学是社会生活的反映,社会生活是文学的唯一源泉。因为文学作为人类精神创造的产物,文学和其他社会意识形态一样都来源于物质生产实践，是通过人脑对自然界和社会现实的能动的反映。正如马克思指出，"观念的东西不外是移入人的头脑并在人的头脑中改造过的物质的东西而已""物质生活的生产方式制约着整个社会生活、政治生活和精神生活的过程。不是人们的意识决定人们的存在，相反，是人们的社会存在决定人们的意识"。列宁也指出，"我们的感觉，我们的意识只是外部世界的印象。不言而喻，没有被反映者，就不会有反映，被反映者是不依赖于反映者而存在的"。马克思主义唯物论的反映论正确阐明社会存在是第一性的，社会意识是第二性的。社会意识是社会存在的反映，其来源于社会存在，人们的意识是随着社会存在的改变而改变的。在文学的历史发展过程中，唯心主义的学者往往把文学作品看作是"作家的头脑"的产物，而否定文学与社会现实的联系，把文学看作是作家天才、灵感的产物，纯然是作家个人情感的"自我表现"，是无意识的表现，甚至把文学看作是作家的"白日梦"。有的学者则从形式主义观点去解释文学的本质。美国象征主义前辈马拉美有一句名言，"人们并不用思想而用语言来写作"。英国乔埃斯所列举的现代派的第一个特点就是，"一首诗的本质应该不在含义，而在构成"。所谓构成就意味着脱离思想内容的单纯形式。他把文学和语言、诗和形式等同起来了。一些"纯艺术"论者也把作家的主观精神世界看作文学创作的源泉，宣扬"为艺术而艺术"，主张文学和社会无关，无视文学反映社会生活的客观性。马克思主义的文学理论关于文学是社会意识形态，以社会生活为源泉的科学论断，把在唯心主义认识论中主观与客观、"心"与"物"等头足倒立的关系完全颠倒过来，彻底拨正了文学与社会生活的关系，明确了文学反映生活的根本性质，充分阐明文学是一种特殊的社会意识形态。

　　从文学作品来看，中外优秀作品如巴尔扎克的《人间喜剧》、托尔斯泰的《战争与和平》、曹雪芹的《红楼梦》、鲁迅的《阿Q正传》等，都可以看到不同时代、不同国家的生活状况、时代风采及各种人物的遭遇和命运。文学发展的历史充分证明，一切文学作品的内容都是对一定社会生活的反映。不是直接的、现实的反映，就是间接的、幻想的反映。不是正确的、真实的反映，就是错误、歪曲的反映。完全不反映社会生活的文学作品，是没有的。从作品的形式来看，作家创作文学作品所运用的文学形式、艺术手法，也是源自社会生活的，也是社会生活本来就存在的美的属性的反映。社会生活是充满了诗情画意的，社会生活中的事物都存在一定的形、色、声、味等，事物间都存在一定的联系，既有差异性，又有统一性，是可以供人联想的，通感的。事物都是互相作用的，其变化过程和结果，有很多是非常"巧妙"的。社会生活中到处都存在美的形式，关键在于人在自己的生活实践中能培养出感受、发现事物的美的内容和美的形式的能力。因此，艺术形式、艺术手法对于作者来说，不是孤立地存在，不是先天就有，而是来源于作者能够对生活美深刻的全面感受，并在感受和创作时能够联想妙得。随着社会的发展，时代的变化，形式、手法与文学创作共同发展，并在文学自身发展中有所承传，有所革新。

二、文学是社会生活的能动反映

　　文学要正确、艺术地反映社会生活，创造出富有艺术魅力的文学作品来，关键还在于正确理解如何反映的问题。唯物论的反映论认为文学对作为审美对象的社会生活的反映，应该是积极的、创造性的、能动的反映，而不是消极的、复制性的、被动的反映。过去关于文学反映社会生活的正确命题，不仅被机械唯物论的庸俗解释加以简单化，而且常常被反对唯物论、反映论的唯心主义学者歪曲为被动的、直观的对客观对象作机械的反映。马克思早已指出旧唯物主义的主要缺点是，"对事物、现实、感性，只是从客体的或者直观的形式去理解，而不是把它们当作人的感性活动，当作实践去理解，不是从主观方面去理解"。

文学对社会生活的能动反映，主要表现在三个方面。

首先，从艺术掌握世界的方式看，从艺术上去掌握世界的方式不同于运用理论方法去掌握世界的方式。马克思在《政治经济学批判·导言》中指出，"理论思维是直观和表象在概念中的加工，而有逻辑地意识到的世界本身不是现实的世界，是思维者的头脑产物。这个理论的掌握世界的方式，不同于对世界、艺术、宗教、实践精神的掌握"。艺术对世界自身的掌握方式是文学艺术能动地认识和反映世界的独特方式。在思维方式上它不同于逻辑思维，主要运用形象来思维，对现实的直观和表象通过联想、虚构进行加工创造，以独特的典型化的形象和意境反映生活。这就是说，文学艺术是以创造性的形象思维，按照美的规律，具体生动具有形象性的物化形态去反映生活的。从根本上说，艺术掌握世界的方式，是创造性的形象化的能动的反映，就是能动的审美反映。

其次，从反映的目的看，文学能动地反映生活，目的是帮助人们认识生活、改善生活。列宁说："人的意识不仅反映客观世界，并且创造客观世界。"文学作为一种意识形态本身是一种有目的的精神创造活动，不仅反映客观世界，并且创造客观世界。因为文学不仅要用形象化的方法，对客观生活的具体现象及外在形式，进行艺术再现，而且通过艺术形象的描绘，要揭示现实生活的本质和规律。列宁在《列夫·托尔斯泰是俄国革命的镜子》中评论道："如果我们看到的是一位真正伟大的艺术家，那么他就一定会在自己的作品中至少反映出革命的某些本质的方面。"这种反映是按照艺术的规律，以典型化的形象或意境去表现艺术真实，同时，作品对客观生活的描绘，必然渗透着作家的思想感情，对生活的认识和评价，因而不仅给人审美享受，而且在潜移默化中帮助人认识生活，改造现实。

最后，从创作主体看，文学作品是社会生活在人类头脑的反映的产物，是作为反映者的作家精神创造的艺术成果。被反映的客观生活，只有通过作家的头脑对感性对象进行加工改造，想象虚构，并依靠作家娴熟的表现技巧，运用文学语言赋予美感形式的物化形态，才能成为文学作品。文学反映生活的能动性，实际上就是作家创作的能动性、创造性。文学创作就是作为创作主体的作家，通过生活实践和艺术实践，发挥主观能动性所进行的艺术创造活动。马克思所说的对于事物、现实、感性，要把它们当作人的感性活动，当作实践去理解，要从主观方面去理解，同样文学对生活的反映也应该这样去理解。因为在文学实践中客观与主观、再现（客观生活）与表现（主观情感）的关系是辩证统一的，其中客观现实是审美反映的基础，而主观创造则是文学实践的主导方面。从主观方面去理解文学实践，就是要重视作家作为实践主体的能动作用。为什么同样熟悉的生活题材，一般人写不出作品，而作家能写出作品来；同样的题材，不同作家又可以写出不同的作品来。这不仅取决于人的认识能力的差异，同时也取决于人的主观能动性。创作主体性表现在题材主题的选择与提炼、艺术构思的形成、形式技巧以及语言的运用。作家在生活实践和文学创作实践中培育出来的艺术才能，集中表现了作家反映生活的创造性，充分显示了创作主体的主观能动性。

三、文学的真实性与倾向性

作家想要能动地、真实地反映社会生活，正确地、积极地表现自己的思想感情，在文学创作中就要正确处理客观与主观、再现与表现、反映与创造的关系，要求做到文学真实性与倾向性的统一。这是马克思主义关于文学如何表现生活本质，能动地反映生活的基本原理之一。因此，正确地、全面地理解这一基本原理对于深刻认识文学的本质是十分重要的。

（一）生活真实与艺术真实

要正确认识文学的真实性问题，首先要区分生活真实和艺术真实。生活真实，一般是指客观生活中存在着和曾经存在过的真实。从严格的意义上说，是指客观生活中存在着和曾经存在过，并能够体现事物本质与规律的人和事。艺术真实，是指作者根据客观生活通过艺术加工、概括创造出来的艺术形象，揭示出客观生活的某些本质的方面。它在现象和本质相统一中反映出客观生活的真实面貌，表现出人的真挚的情感和对生活的正确评价。真实性和倾向性两者既有差异性，又有统一性。

在文学作品中，就其创造的艺术形象来说，既有真的因素，也有虚构成分。文学源于客观生活，是在生活真实的基础上，按照生活逻辑和情理来创造艺术形象的，所以它是真的。而艺术形象又是作家心灵的创造物，具有虚构性，但它符合客观生活的本质和规律，从艺术创造来说它又是真实的，而不是虚假的。因此文学的真实性，首先是指文学作品所描绘的生活正确地揭示了现实的本质和规律。其次，文学对现实生活客观面貌的描写，特别是细节描写也必须真实。《牡丹亭》中的杜丽娘，为爱情死而复生，本是不符合生活真实的，但它又确实表现了典型形象内在的那种死而复生、以报冤仇的情感的，所以它也是真实的，是艺术真实与生活真实的统一。

（二）艺术真实性与倾向性

文学的倾向性，是指文学作品表现出来的作家的爱憎情感和是非观念等。它是由作家的生活实践、政治立场、道德观念和审美观念等决定的。

艺术真实性与倾向性的关系是十分密切的。艺术真实最重要的是看通过艺术形象所描写的社会生活是否与客观社会生活的本质和规律相符合，这就要看作家对自己笔下所描绘的客观生活的倾向性如何。因为文学作品的倾向性实际上是作家对社会生活的倾向性的反映和表现。恩格斯在给明娜·考茨基的信中要求，具有社会主义倾向的小说要"真实地描写现实的关系"，认为"倾向应当是不要特别地说出，而要让它自己从场面和情节中流露出来"。作品的倾向性可以从两方面来看，一是看作品对客观生活的具体描写本身是否体现了生活发展的客观规律，二是看作家对所描写的生活如何认识和评价，既表现为思想倾向，又体现于感情态度。如果作家在客观社会生活中能够正确的观察、思考、认识其本质和规律，并且有正确的爱憎态度，那么就能使作品具有艺术的真实性。作品倾向性正确与否，决定了作品艺术真实性、思想倾向性和艺术真实的统一。优秀作家不仅把正确而深刻的思想倾向性看作是作品的灵魂，而且把艺术的真实性视作自己作品的生命。

但是在某些文学作品中，倾向性与艺术的真实性并没有达到完全统一。有些作品从整体上看来，正确的倾向性和艺术真实性是统一的，但从某些局部来看，倾向性和艺术真实性并不那么统一。或者倾向性是错误的，不够健康的，这就缺乏甚至完全没有艺术真实性。因此，每个阶级的文学都首先看重文学的倾向性，社会主义文学则要求革命的倾向性与艺术真实性尽可能完美统一。

第三节　文学是一种审美意识形态

文学的社会意识形态性质，是文学具有的社会本质，也是文学艺术与其他意识形态共同的一般本质属性。但文学还有自身的审美性质，这是文学区别于其他意识形态的特殊本质，是文学的内在规律性的反映。

一、文学是审美意识的一种表现

文学是对社会生活的审美反映，是审美意识的一种表现，具有审美的本质属性。马克思以生产活动说明人与动物的区别时说过，"人是按照美的规律来塑造物体力的，把人的生产活动看作是有意识的、自觉的、自由的物质创造活动，其重要标志是人能够进行思维和审美创造"。没有人类的审美意识和审美感受力的产生，人类就不会有文学艺术的创造。艺术和非艺术的区别，就在于艺术能以美感形式表现人类的审美意识。因此文学作品就能给读者愉悦的审美享受。当读者阅读诗歌、小说等作品时，随着生动具体的描写，往往内心激起欣喜、赞赏或忧伤、愤怒等情感波澜，产生一种赏心悦目、怡情悦性的心理状态，在欣赏、认识、评价中体验到某种感情，感到美感享受的满足。

审美意识，也就是一般所说的美感，是指我们在欣赏具有审美价值的不同事物时所引起不同的情感反应和体验，是一种情感态度，是一种审美享受。美感就是对于美的事物的感受，这种感受是和情感的心理活动密切联系的一种审美经验。它既具有客观性，又具有主观性。人的审美活动的过程，既是认识的过程，又是心理活动的过程。因此审美认识和审美情感是同步发展的。同时人的认识和感情具有不同的类型。如人的认识就有科学理论的认识、审美认识等，而情感则有理智感、道德感、实践感和审美情感。很显然，并不是人对现实的任何一种认识和情感都可以直接进入艺术之中，而只有对现实的审美认识和审美情感才能成为艺术的内容。如果把文学的本质仅仅说成是"生活的反映"，这是不够全面的。因为它只说明了审美反映的起点，而没有说明触及这种反映的真正的特点；它强调了文学与其他意识形态的共同之处，而忽视了文学反映的审美本质，可能导致以一般的反映论去代替审美的反映。

文学创作是对生活的审美反映，是审美情感的形象的表现。作家在对现实生活的审美感受过程中，始于对某些生活现象、事物特征的特别关注，在对它们感受、感知、认识的基础上产生某种感情体验、思想评价，再通过感性的、具象的审美形式，运用语言文字材料，赋予物质化的形态，创造出具有艺术魅力的文学作品来。在这个过程中，既有感知和认识，也有感情和思想，既有想象和意志，也有愉悦和评价。这种精神现象，一旦以综合的形式出现，便全部渗透着审美情感的因素，连思想因素也不例外，从而构成审美反映。这就是说审美反映以美感经验为基础，灌注了作家强烈的审美情感和审美认识，并以具体可感的形象表现出来，显示文学艺术的审美本质，主要表现在审美情感性与审美形象性相统一的两个方面。

二、文学的审美情感性

审美情感性是文学审美本质的一个重要方面。它是文学对生活审美反映的主要内容，是作品构成的艺术材料，使文学具有以情动人的审美特点。文学创作中的情感问题，许多优秀作家都有精辟的论述，甚至有人把艺术定义为"情感的表现"。这种看法如果离开文学与现实的关系来谈就有极大的片面性，但强调了审美情感对文学创作的重要性。马克思曾指出，"激情、热情是人强烈追求自己对象的本质力量"。托尔斯泰认为，"艺术是这样一项人类活动：一个人用某种外在的标志有意识地把自己体验过的感情传达给别人，而别人为这些感情所感染，也体验到这种感情"。"言志"论、"缘情"论是中国古代文论的优秀传统，也充分说明了情感在文学创作中的特殊地位。

表现情感、传达情感是文学从艺术上掌握世界的基本方法，是人类精神生活的特殊的审美需要，也是文学作为审美意识的特殊本质的体现。首先，从文学反映对象的特殊性来看，文学以社会生活为反映对象，主要在于表现人的心灵世界。而现实生活中的人是具有丰富的情感的人，人在各种活动中几乎都有情感因素的参与，可以说是在情感世界中生活着。人的情感是客观存在的反映，来源于现实生活。客观生活中存在的激情，为文学创作提供了艺术材料。其次，从创作主体看，文学作品是通过富有审美感受力的作家写出来的。作家面对生活的激情，不仅唤起创造的热情，而且自然地在作品中倾注自己的审美情感。很难想象，任何一个艺术家，如果仅有生活的实践、社会的经验，而没有充沛的激情、深刻的思想，还有可能创作出使人产生共鸣、激动的作品来。别林斯基多次说过，艺术不能容忍接入抽象的哲学观念，尤其是理性观念。它只能容受诗情的观念，而诗情的观念不是三段论法，不是教条，不是规律，它是活生生的情欲，它是激情。情感是诗情天性的最重要的动力之一。没有情感，就没有诗人，也就没有诗。审美情感具有典型性和普遍意义，具有极大的审美价值。因为情感是人对客观现实的一种特殊反映方式，与认识有着密切的联系，只有那些被人认识的客观事物才能引起情感，有认识才能有情感。文学创作中思想和情感是统一的，作家对客观生活的认识和反映，同表现作家的审美情感也是一致的。同时，情感与人的社会需要是相联系的，是人所特有的一种心理现象。它是在人的实践活动中产生和发展的。因此把表现情感和反映生活对立起来或者分割开来，甚至把情感看作是无意识的、非理性的都是错误的。文学中的审美情感，其实是对对象的审美价值与主体审美需要之间的关系的反映，是对客观现实审美价值的主观体验和态度。审美情感是人的一种社会性的高级情感，不同于生物性的本能快感。它不是纯粹的感官满足，而是人所特有的精神上的愉悦。这种审美情感与人的其他高级社会性情感是互相渗透的，是人们根据自己的审美原则、审美理想对反映对象的审美价值所做出的情感上的感受、体验和评价。审美情感往往伴随道德感、理智感、实践感而产生。不过在审美和艺术创造过程中，人的情感主要是以审美的性质出现，以审美情感为特点。由此可见，自然情感和审美情感即艺术情感是有区别的。审美情感是作家认识到的情感和情绪，它表现的是作家对感觉到的事物的本质的洞察。因此审美情感是一种本质化了的情感，它具有典型性和普遍意义。从这个意义上说，审美情感正是人类艺术地把握世界的方式，是满足人类审美要求的精神食粮。

三、文学的审美形象性

文学的审美形象性是文学作为一种审美意识形态本质属性的又一特点。在文学反映生活的过程中，作家按照自己对生活的主观感受，把审美认识和审美情感融合起来形成一定的审美体验，还必须采取形象化的方式通过具体的、物质化的美感形式传达给读者，使人得到审美享受和思想启迪。艺术开始于一个人在自己心里重新唤起在四周现实的影响下所体验过的感情和思想，并给予它们以一定的形象的表现。不用说，在大多数场合下，一个人这样做，目的是在于把他反复想起和反复感受到的东西传达给别人。这里说的把思想和情感给予形象的表现力，就是用形象化的方式，创造出生动的具体的能给人以美感的艺术形象来传达情感。文学作品中的艺术形象是作家审美把握世界的结晶，是内容和形式尽可能完美统一的艺术产品。审美形象性要从内容和形式统一的观点去认识，因为在具体的文学作品中，内容和形式融合为一，两者相互依存，相互作用的。没有完美的形式，内容就不能充分展现，只有充实的内容才能决定完美的形式。文学作品只有当他们独特的艺术内容在生动而又形象的艺术形式中得到最完美的表现时，才具有它的特有的美。

审美形象性来源于作家对自然界或现实社会的审美体验，也来源于形式美，是客观和主观的统一。因为现实生活中的人物、事件都是现象和本质的统一，作家对它们的感知、体验和认识，是由现象到本质，由本质到现象的。客观事物反映在作家头脑中始终是具体的、完整的，特别是事物的现象，它的形、色、声、味、冷、暖等，给作家的耳、目、鼻、舌、身等感官，留下极为真切、鲜明的"映象"。在审美反映过程中，由感知形成一系列的表象，形成真切的、鲜明的、以美感形式给予形象的表现。由此可见，作家生活中获得审美情感本身就饱含着美感形象。作家激发灵感、捕捉美感形式。《西游记》中的孙悟空是生活在神魔世界中的猴王，作家所描绘的形象及其表现形式，也是从人际社会和自然界点化出来的。孙悟空斩妖除魔、神通广大的形象，正是现实生活中人民反抗压迫、驱除妖魔的情感在猴王形象中的表现。优秀作家的创作实践说明作家的审美认识、审美情感，是伴随着审美形象而产生的。作家要表现审美情感，也必须通过审美形象来表现，因此创造具有美感形式的艺术形象，就成了表现审美情感的基本手段。这也是文学之所以具有审美形象性的主要原因，也是文学成为一种审美意识形态的本质特征之一。

当代中国很多文学理论著作都认为，"文学是用语言塑造形象反映生活，表现思想感情的一种审美意识形态"，明确了文学作为社会意识形态的社会本质，并强调创作主体的主观能动作用，不仅把文学看作认识生活的一种形式，同时还充分认识到文学还有自身的特殊本质，是一种审美的意识形态。

从不同层次全面地认识和把握文学的本质，对于坚持和发展马克思主义的文学理论，促进社会主义文学创作的发展，都具有重要意义。

第二章 文学的特征与作用

作为语言艺术的文学是一种社会意识形态,有其特定的反映对象和反映方式,有自身的特殊规律。我们要深刻地理解文学的性质,还必须进一步研究文学区别于其他意识形态,区别于其他艺术部门的特殊性,明确文学的基本特征和审美教育作用。

第一节 文学反映社会生活的特殊性

文学是作家主体对生活客体的能动反映,这是文学作为社会意识形态的一般性质。别的意识形态,如政治学、经济学、心理学等社会科学,也都是社会存在的反映,并反作用于社会生活。因此,要把握文学的特征,更重要的是要了解文学反映生活和反作用于生活的特殊性。

文学和社会科学的不同之处在于文学是一种审美意识形态,有它特殊的反映对象、反映方式,具有特殊的审美价值。同时,文学与其他的艺术比较,用于描绘形象的物质材料和表现手段也并不一样。

一、特殊的反映对象

客观存在的一切事物,包括自然界和人类社会,都可以作为哲学、科学与文学认识和反映的对象。但是,在具体的反映对象方面,文学和社会科学各有其特定的领域。社会科学是以社会生活的某一领域作为反映对象，对它们作分门别类的分析研究，以揭示其本质和规律，形成理论体系；文学则是反映以人为中心的、动人感情的、具有审美意义的社会生活整体。文学反映对象的特殊性，具体表现在三个方面。

（一）反映生活的整体性

社会科学虽然也以人作为反映对象，但它抛开人的具体性、个别性和生活的完整性，只对人类社会生活的某一方面，作分门别类的探讨、研究。如政治学研究人的阶级关系和阶级斗争，伦理学研究人的伦理道德，心理学研究人的心理特征。而文学所反映的则是活生生的人的生活整体。这就是说，文学反映的生活，涉及以人为中心的各个领域和诸种关系。因为人是"一切社会关系的总和，同现实生活有广泛复杂的联系"。因此，文学总是把人的生活作为一个完整的有机整体来表现：既写他的政治、经济、文化生活，也写他的日常生活、兴趣爱好；既写他赖以生存的社会环境与自然环境，也写他广泛的社会联系；既写他的外部形态、衣着服饰，也写他的内心世界、喜怒哀乐；既写他的工作、事业、恋爱、婚姻，也写他的道德、伦理、理想追求。总之，把人和人的社会生活作为一个相互联系的整体来表现，通过对个别的具体的人的生活命运的描写，反映社会生活的各个方面，这就是文学在反映对象上的主要特征。总之，小说描写的对象涉及社会生活的各个方面，构成了完整的生活画面，可见文学所反映的是以具体的人为中心的互相联系的生活整体，而不是抽象的某一方面的社会关系。

（二）反映对象的情感性

文学所反映的是生活中那些动情而又具有审美价值的生活现象。社会科学也要研究生活现象，但它是对现象进行综合概括以揭示生活的本质和规律，扬弃其中的情感因素。文学总是描写最能动情的给人美感的生活现象，并在描写中把自己的主观感情熔铸到艺术形象中去。可见，作家所描写的总是那些使他最动感情的生活现象。即使是描写自然，也是感情化的自然景物，人格化了的自然景物。杜甫身陷安史之乱的长安，眼望春光明媚、鸟语花香的美好春光，却使他忧国伤时，生出怅恨别离之情，吟出了"感时花溅泪，恨别鸟惊心"的名句。而那些不能激发人类感情的生活现象，是不能成为文学描写对象的。

（三）表现生活的审美性

文学要描写人类的感情生活。但是，感情的自发流露不一定就是艺术。黑格尔说："把痛苦和欢乐满肚子叫出来也并非音乐。"文学的情感必须和美感结合起来，展现生活的审美意义，才能既动人以情，又给人以美感。文学作为审美意识，既要反映客观事物的"真"，又要体现客观对象符合人的主观目的的"善"，最重要的还在于认识和反映客观事物的"美"。所以，并不是生活中的一切都能成为文学描写的对象。鲁迅曾经指出："世间实在还有写不进小说里去的人，倘写进去，而又逼真，这小说便被破坏。""譬如画家，他画蛇，画鳄鱼，画龟，画果壳，画字纸篓，画垃圾堆，但没有谁画毛毛虫，画癞头疮，画鼻涕，画大便……。"这就是说，只有具有审美意义的对象才能进入文学。作家总是选取生活中具有审美意义的生活，"按照美的规律"进行描写，而科学没有这个要求。这是文学和科学的又一重要区别。

由上可见，与社会科学比较起来，文学反映对象的特殊性，主要在于它的整体性、情感性和审美性。

二、特殊的反映方式

（一）用艺术形象反映生活

前文提到，文学是一种审美意识形态，具有审美形象性的本质属性。文学要以生动、具体的美感形式，即用形象化的方式去反映生活，传达思想情感，这是文学不同于其他社会意识形态的基本特征之一。但凡是语言艺术作品，只有当它们的独特的艺术内容在生动而又形象的艺术形式中得到最完美的表现时，才具有审美价值。普列汉诺夫的《没有地址的信》中提出的艺术定义，认为艺术是"人的感情和思想在生动的形象中的表现"。别林斯基有过一段著名的论断，他说："人们看到，艺术和科学不是同一件东西，却不知道，它们之间的差别根本不在内容，而在处理内容时所用的方法。哲学家用三段论法，诗人则用形象和图画说话，然而他们说的都是同一件事。所不同的只是一个用结论，另一个用图画而已。"别林斯基认为艺术和科学之间的差别不在内容，而在方法的论断，看到反映现实的相同之处，完全忽视两者所反映的具体内容的重要差别，看不到文学反映对象的特殊性。这是不正确的。但别林斯基正确指出，文学艺术"用形象和图画说话"，并诉诸读者的想象，这是对艺术和科学反映生活的不同方式的科学概括。后来，高尔基也同样指出："艺术的作品不是叙述，而是用形象、图画来描写现实。"文学要用形象化的方式去反映生活，这是文学的审美本性所决定的。审美的形象性在文学作品中主要体现在艺术形象、艺术意境的整体描绘与创造上。它要求运用富于具体形象性的文学语言去叙事写人，描形状物，使读者直感到在文学作品中，人物是那样栩栩如生，须眉毕现，活灵活现；事件又是那样具体生动，历历在目，亲切可见；画色则赤橙黄绿青蓝紫，斑驳陆离，鲜艳夺目；绘声则嘈嘈切切，抑扬顿挫，如闻其声，使人宛如置身其中。

形象或称艺术形象，从广义上说是指作品所描绘的社会生活图画或意境。在叙事作品中形象主要是指人物形象，抒情作品中指抒情主人公形象。抒情诗中形象的含义比较宽广，人物固然是形象，山、水、花、鸟、风、云、雷、电等自然景物都可以作为诗的形象。艺术形象是作家独特的审美创造的结晶。它是作家对现实生活进行艺术概括创造出来的具体、生动，而又具有美感意义的生活图画。形象通过个别表现一般，具有具体可感性和艺术概括性两方面的特征。它所描绘的人物、事件、环境，不仅像现实生活中的真人真景实事那样真切可感，而且艺术地概括了同一类人物或社会现象的普遍性，透过生动逼真的生活现象揭示生活的某些本质规律，具有形象的概括性。

艺术形象是作家"按照美的规律创造"的，渗透了作家的美学理想，使生活中美的见其美，生活中丑的也由于典型化而成为艺术美，以满足读者的审美需要，给人美的享受。

（二）想象和虚构是文学的基本特征

作品中的艺术形象是通过想象进行虚构的产物。因为文学反映生活的艺术真实性和文学的虚构性并不是矛盾的。文学作品中存在以写真人真事为题材的报告文学、纪实文学、传记文学，但从诗歌、小说、戏剧等主要文学类型看，文学作品所处理的都是想象的世界、虚构的世界。作品所描写的人物、事件等，不同于现实生活中的人物和事件。即使是一部历史小说，与历史文献所记载的同一事实之间仍有重大差别。这一事实说明，想象性和虚构性是文学的突出特征。通过想象和虚构去创造艺术形象，这正是文学艺术区别于其他社会意识形态的显著特点。

艺术想象是作家创造艺术形象的一种独特的心理活动，是形象思维的主要方式。黑格尔说："真正的创造就是艺术想象的活动。"没有想象便没有艺术形象。不管现实生活给作家提供了多么丰富的素材，也不会给一部作品提供现成的人物、环境、场面、情节。对创作来说，素材毕竟是分散的、零碎的、处于原始状态。要塑造比普通的实际生活更高、更集中、更典型、更带普遍性的艺术形象，就必须运用想象"去补充事实链条中不足的和没有发现的环节"。艾青说："诗人最重要的才能就是运用想象。诗人把互不相关的事物，通过想象，像一条线串起来，形成一个统一体。所有的意象、意境、象征，都是通过联想、想象产生的。"陆机在《文赋》中形象地指出，想象可以"精骛八极，心游万仞""观古今于须臾，抚四海于一瞬"。这就是说，想象可以打破时空观念的限制而自由驰骋，构成各种具体的意象。正是这种丰富的想象，创造了多姿多彩的源于生活而又高于生活的艺术形象，读者在阅读作品时，同样要通过联想和想象去感知艺术形象。在此基础上产生强烈的情感共鸣。所以高尔基说："有才能的文学家正是依靠这种十分发达的想象力，才会常常取得这样的效果；他所描写的人物在读者面前要比创造他们的作者本人出色和鲜明得多，心理上也和谐和完整得多。"

艺术形象是作家根据他对生活的感受和认识，通过想象进行虚构的产物。虚构性是一切艺术形象的共同特征。小说、戏剧、童话、影视文学中的形象，不管是以生活原型为根据，还是杂取种种人合成一个，都离不开在生活真实的基础上进行艺术虚构。虚构是作家概括生活、塑造形象的重要手段，是艺术典型化的基本方式。作家在把握现实生活的基础上，依据生活的逻辑，对素材进行提炼、集中、加工，通过想象和缀合，按照个别表现一般，特殊性反映普遍性的典型规律，创造出现实生活中并非实有，而在情理中又必然存在或应该存在的人生图画来。托尔斯泰说："没有虚构，就不能进行写作。整个文学都是虚构出来的。这是因为生活就是分散在平面、表面和空间上的。"

当然，想象和虚构并非胡思乱想，胡编乱造。它必须以生活真实为基础，离开了这个基础，虚构便会导致虚假。正如高尔基说的："一切'巨大的'文学作品都使用了虚构，而且不能不使用它。但是有一条限定虚构的很好的规则：'你尽管撒谎，不过要撒得使我相信你。'"

想象和虚构是文学艺术从生活走向艺术的必由之路，一切艺术形象都是作家以丰富的想象力进行艺术虚构的产物。而每个作家又总是根据自己对生活的独特感受与认识，根据自己独特的审美兴趣、审美理想去进行自己独特的想象和虚构的。因此，每个作家笔下的艺术形象都具有自己的独特性。

第二节　文学是语言的艺术

一、语言是文学的特殊表现手段

语言是人们交流思想感情的工具，具有描形绘貌、传情达意、写景状物的功能，同时还以其语调、节奏的变化直接表现人的感情变化，具有特殊的形象性和表现力。作家借助语言，既可以描绘生活、刻画人物、叙述事件、表现人的行为动作和外部形态，也可以抒情写意，刻画复杂而微妙的内心活动；既可以生动地表达激情、遐想、哲理，也可以描写错综复杂的故事情节和历史长河的巨幅画卷，具有其他表现工具所没有的优势，使语言艺术具有特殊的艺术魅力。高尔基说："文学的第一要素是语言。语言是文学的主要工具。它和各种事实、生活现象一起，构成了文学的材料。""文学就是用语言来创造形象、典型和性格，用语言反映现实事件、自然景象和思维过程的。"可见，语言是文学创作的重要手段。没有语言便没有文学创作，便没有文学，而那些善于运用语言的杰出作家，则被誉为语言大师。

二、语言艺术的基本特征

文学作为语言艺术，其特征表现有以下三个方面。

第一，形象的间接性、意象性。语言艺术的形象是间接的形象，不是可以直接观照的视觉形象。而别的艺术，如绘画、雕塑、舞蹈、电影等，都具有直观性，可以为人们的感官所直接把握。文学形象是用语言塑造的，而语言又是传达感情交流思想的符号，它不是客观事物的直接表现。因此，它所塑造的形象不能直接诉诸人们的感官，人们阅读作品，只有在阅读文字、理解语言所包含的意义的基础上，才能唤起想象和联想，在脑子里浮现出语言所描绘的具体形象。可见，文学形象是要通过语言才能掌握的形象，具有形象的间接性。

文学形象又是想象的形象，具有意象性。"语言是思想的直接现实"，它所塑造的形象隐含在语言文字中，读者通过审美欣赏活动，积极进行想象、联想，才会在脑子里和意想中浮现知、情、志统一的文学形象，这便是形象的意象性。文学这种想象中浮现的形象，不管怎样惟妙惟肖，活灵活现，都不是客观实际的，不像绘画、雕塑、舞蹈、电影的形象那么具有客观实在性，那么定型化。文学形象的这种意象性，固然难免使想象力差的人难于欣赏作品的精妙之处，却为广大读者提供了想象和再创造的广阔天地，凡是有欣赏力的读者可以透过生动传神的语言，感受到作品耐人寻味的"弦外之音""言外之意"，获得欣赏的无穷意味。

第二，反映生活的多面性。"语言是一切事实和思想的外衣"。正如高尔基说的："它不是蜜，但是可以粘东西。"因此，用语言作为表现工具的文学，可以多方面地描写广阔复杂的社会生活，可以塑造多种多样的艺术形象，其容量之大，反映生活之广，是别的艺术无法企及的。黑格尔说："语言艺术在内容和表现形式上，比起其他艺术都较广阔，每一种内容，一切精神事物和自然事物、事件、行动、情节、内在的和外在的，统统都可以纳入诗，由诗变得形象化。"语言艺术不受时间、空间的限制，凡生活中可以意识到的事物，从宏观到微观，从过去到未来，上下几千年，纵横数万里，历史的洪涛大波，生活中的细流微澜，都可以用语言加以表现和描写。一部《三国演义》，便能"陈述百年，概括万事"。这样广阔丰富的生活容量，是别的艺术所难以达到的。

第三，表现人的思想感情的复杂性和微妙性。在各种艺术中，最能表现人的复杂和微妙的思想感情，最富于思想性和感染性的，就是语言艺术。绘画、雕塑只能通过形貌、神态、服饰等外部形态来表现人的内心世界，达到"以形传神"，在一定的限度内表现各种艺术的独特的审美效应。而文学则不同，它可以靠具体、生动的语言来表现人的思想感情、内心世界，不管多么复杂、微妙、隐秘的主观感受，都可以用语言描绘出来。既可以从物的外部特征揭示其内在心理，可以通过对话、行为、动作和环境去展现人物的精神面貌，也可以直接剖析人物的心灵奥妙、心理情绪，深入到人的意识深处去作艺术的巡礼。

第三节　文学的社会作用

文学的社会作用主要通过美感形象所独具的审美功能体现出来，正所谓"显之以象""动之以情"，使人从"象"中见"意"，"情"中悟"理"，以启人感，以耐人思，并得到心灵的净化和情操的升华。文学的社会作用主要表现在以下几方面。

一、文学的审美作用

所谓审美作用，是指文学作品通过艺术形象感染读者，使读者在获得审美愉悦的同时，思想感情也受到潜移默化的影响。读者被作品的曲折情节、动人的故事、鲜明的人物性格、生动的人物形象、传神的语言吸引，因而不知不觉地进入作品的艺术境界，甚至是忘我入迷。茅盾说他读鲁迅小说时："只觉得受到一种愉快的刺激，犹如见处黑暗的人们骤然看见了绚丽的阳光……使人一见着就不可言喻的悲哀的愉快。"始则悲哀，继而愉快，为作品反映的病态社会中人们的不幸而悲哀，又为艺术地、形象地写出这种悲哀而高兴，这种悲喜交集的情感体验就是作品产生的美感作用。

文学的审美作用是由文学反映生活的审美本质所决定的。文学是社会生活的审美反映，作家"按照美的规律"集中反映生活美，使美的增其美，丑的也通过典型化而化为艺术美，读者可以从中获得艺术的陶醉和愉悦。

二、文学的认识作用

认识作用是指优秀作品能够帮助读者认识社会，并获得丰富的历史知识、生活知识、人生知识，开阔生活视野，丰富生活经验。马克思在提到巴尔扎克的《人间喜剧》时说，他从中"所学到的东西甚至在细节方面（如革命以后动产和不动产的重新分配）所学到的东西，也要比从当时所有职业的历史学家，经济学家和统计学家那里学到的全部东西还要多"。正是在这个意义上，《红楼梦》被称为"封建社会的百科全书"。

文学之所以有这种认识作用，主要是由于文学反映的社会生活的形象性、整体性、真实性、具体性和丰富性决定的。它以生动感人的形象再现了社会生活的真实面貌，广泛而深刻地描绘了不同时代、不同民族的社会生活、时代风尚、风土人情，给读者提供了极其丰富而全面的认识内容。读者捧着这样的作品，就像握着一把揭开生活奥秘的钥匙。由此可见文学对生活的具体形象的描绘以及真实深刻的反映，是文学认识作用的根本。

三、文学的教育作用

文学的教育作用，是指优秀作品能影响人的思想意识、道德情操、价值观念和人生理想，净化人的灵魂，增强人们改造生活的勇气和追求真理的信念。列宁说，文学有一种"教育人，引导人，鼓舞人"的作用。鲁迅认为，"文艺是国民精神所发的火光，同时也是引导国民精神前途的灯火"。这些都是对文学教育作用的精辟论述。

文学的教育作用表现在它能够帮助读者正确认识和改造自己的主观世界，对读者的思想道德、情操、意志和性格发生影响，使读者从中获得生活的信心和力量，自觉地形成良好的品质。屈原的《离骚》所表现的为追求真理而"上下求索""九死未悔"的精神，成为人们生活的座右铭；文天祥诗中的名句"人生自古谁无死，留取丹心照汗青"也常常被人们作为节操自励的格言。

文学之所以有如此鲜明的教育作用，是因为优秀文学总是社会生活正确和深刻的审美反映，渗透着作家对生活、政治、思想、道德的正确评价，表现了作者的真知灼见，回答了生活的重大课题，揭示了生活的某些本质方面，讴歌了人世间美的理想、道德、感情，揭露和鞭挞了假丑恶。读者读了这样的作品，可以明白是非、善恶，确立正确道德观，启迪思想，净化灵魂。

四、文学作用的多样性

由于文学作品内容的丰富性与广泛性，因此其社会作用也是丰富多样的。苏联美学家鲍列夫曾把文学的作用归纳为：社会改造作用、认识作用、艺术观念作用、预言作用、信息和交际、教育、感化作用、审美作用和愉悦作用等9种，也有学者认为文学具有25种作用。我们认为，文学的多样性，主要表现为以审美作用为中心的认识作用和教育作用，也具有一定的娱乐作用、宣传作用和交流作用。

文学的各种社会作用，在实际作品中是有机地统一在艺术形象中，并通过艺术形象表现出来的。其中起主导作用的是审美作用，其他作用都只能寓于审美之中。斯托洛维奇在《审美价值的本质》中说，"艺术价值不是独特的自我封闭世界。艺术可以具有许多意义，但是，如果这些意义不交融在艺术熔炉之中，如果它们同艺术的审美意义折中地共存共处而不是有机地纳入其中，那么，作品可能是不坏的直观教具，但永远不能上升到真正的艺术高度，艺术价值把审美与非审美交融一起，因而是审美价值的特殊形式"。当然，认识作用和教育作用也是十分重要的。

作品只有真实反映生活，表现作者对生活的真知灼见，帮助读者认识生活，理解生活，正确对待生活，才是有生命力的艺术花朵。那些热衷于铺陈污秽，展览腐朽，欣赏下流，渲染丑恶的堕落"文学"，或是单纯追求形式美而无真情实感的作品，都是不会有真正的艺术生命的。

第三章 中国古代文学观念

第一节 中国古代文学观念渊源及发展

"文学"的内涵、特征是什么？对此，中国古代有自己的独特观念。然而在清代以前，这种观念只是在古代文论家所列举的或古代文选一类的著作所收罗的"文"的外延中体现着，并无明确的界说。直到晚清章炳麟在西方逻辑学的影响下，才对中国古代的这种文学观念做出了明确的界定："'文学'者，以有文字著于竹帛，故谓之'文'；论其法式，谓之'文学'；凡文理、文字、文辞皆称'文'；言其采色发扬，谓之'彣'。……凡'彣'者必皆成'文'，凡成'文'者不皆'彣'。是故榷论'文学'，以文字为准，不以彣彰为准。"章氏此论，准确概括了中国古代占主导地位的"文学"概念：文学（简称"文"）是一切文字著作，衡量是不是文学的特征或标准是"文字"，而不是"彣彰"，即"文采"。

一、古代文学观念的发生渊源

中国古代以"文学"为文字著作，以"文字"为"文"的特征，有着特殊的文化渊源。"文"，甲骨文、金文都写作交错的图纹笔画。所以《国语》说："物一无'文'。"《易·系辞传》说："物相杂故曰'文'。"许慎在《说文解字》

中解释为："文，错画也，象交文。"许慎的这个解释很绝妙，一方面他成功解释了"文"这个字本身的构造特征。甲骨文、金文中的"文"是"错画也，象交文"，在后世高度抽象的"文"的写法，如篆文"文"的写法中，也具有"错画也，象交文"的特点。另一方面，"文"若指文字，"错画也，象交文"也符合所有汉文字的构造特征。先看八卦文字。《易·系辞》说，八卦是圣人"见天下之赜，而拟诸其形容，象其物宜（通仪）"作出的，因而有"卦象""卦画"之称。再看成熟的汉字。汉字分独体字、合体字。独体字是象形字、指事字，它"依类象形"，是典型的"错画""交文"之"象"。合体字是形声字、会意字，它由独体字复合而成，亦为"错画"之"象"。由于汉文字都符合"错画也，象交文"这一"文"字的训诂学解释，因而中国古代把文字著作称作"文"，就是很自然的事了。古代学者"才能胜衣，甫就小学"，而章炳麟本身就是文字学家，他们的文学观念受到训诂学对"文"的诠释的影响，乃势所必然。

然而，文字著作可称"文"，而"文"未必仅指文字著作。符合"错画也，象交文"特征的现象有很多。天上的云彩是"文"——"天文"，地上的河流是"文"——"地文"，人间的礼仪是"文"——"人文"，色彩的交织是"文"——"形文"（绘画），声音的交错是"文"——"声文"（音乐），文字的参差组合也是"文"——"文章""文学"或者叫"辞章"。刘勰《文心雕龙·情采》指出："立文之道，其理有三：一曰形文，五色是也；二曰声文，五音是也；三曰情文，五性是也。五色杂而成黼黻，五音比而成韶夏，五情发而为辞章。神理之教也。"只有作为"文学""文章"二语简称的"文"，其外延才与文字著作、文化典籍相等，才表示一种文学概念，而与"天文""地文""人文""形文""声文"区别开来。

二、中国古代"文学"观念的发展

先秦时期，"文"或"文学""文章"不仅包括一切文字著作，而且外延比文字著作还广，包括道德礼仪的修养文饰。"文"字的构造是交错的线条、花纹，所以《易·系辞》说："物相杂，故曰'文'。"《国语·郑语》说："物一无'文'。""文章"的本义也是如此。《周礼·考工记》云："画绩（同绘）之事……青与赤谓之'文'，赤与白谓之'章'。"由交错的线条和具有文饰性的花纹，衍生出文饰的含义。《楚辞·九章·橘颂》："青黄杂糅，文章烂兮。"此处的"文章"即指斑斓的色彩。《左传·隐公五年》："昭文章，明贵贱。"杜预注"文章车服旌旗"。正由文饰之义转化而来。由自然界的文饰，引申为道德文饰及礼仪修养。孔子说："郁郁乎文哉，吾从周。"《诗·大雅·荡》毛序："厉王无道，天下荡荡，无纲纪文章。"这里的"文"和"文章"，均指周代的道德文明和礼仪法度。《战国策·秦策》："文章不成者不可以诛罚。"这里的"文章"则指法律制度。《论语·公冶长》记子贡语："夫子之文章，可得而闻也。"此处的"文章"，不只指孔子编纂的文辞著作，而且包括孔子的道德风范。朱熹《论语集注》："文章，德之见乎外者，威仪文辞皆是也。"道德礼仪的修养离不开后天的学习，所以道德的文饰修养又叫"文学"。《论语·公冶长》记载："子贡问曰：'孔文子何以谓之文也？'子曰：'敏而好学，不耻下问，是以谓之文也。'"《论语·先进》述及孔门四科，即"德行""言语""政事""文学"。北宋经学家邢昺将"文学"解释为"文章博学"，郭绍虞先生将"文章博学"解释为"一切书籍、一切学问",即"最广义的文学观念"。

其实此处的"文学"并不等于我们今天所谓的"广义的文学",在此之外,还包括礼仪道德的学习修饰。因此,《荀子·大略》说:"人之于文学也,犹玉之于琢也。……子赣、季路,故鄙人也,被文学,服礼义,为天下列士。"正因为此时的"文学"是道德的形式载体和外在规范,所以它并不以"文采"为特质,而以"质信"为特征。《韩非子·难言》指出,当时人们把"繁于文采"的文字著作叫作"史",把"以质信言"、形式鄙陋的文字著作称为"文学"。于是"文"必须以原道为旨归。《论语·学而》:"行有余力,则以学文。"《墨子·非命中》:"凡出言谈、由(为也)文学之为道也,则不可而不先立义法。"所以"文学"又常被用来指"儒学"。如《韩非子·五蠹》:"儒以文乱法,侠以武犯禁。""故行仁义非所誉,誉之则害功;文学者非所用,用之则乱法。"当然,"文"也可单指文字著作。《论语·述而》:"子以四教:文、行、忠、信。"刑昺疏:"文,谓先王之遗文。"朱熹《论语集注》:"程子曰:'教人以学文修行而存忠信也。'"罗根泽先生指出:"周秦诸子……所谓'文'与'文学'是最广义的,几乎等于现在所谓学术学问或文物制度。"从"学术学问"一端而言,"在孔、墨、孟、荀的时代,只有文献之文和学术之文,所以他们的批评也便只限于文献与学术"。

两汉时期,情况出现了变化。一方面,"文学"一词仍保留着古义,指儒学或一切学术。如《史记·孝武本纪》:"上乡(向也)儒术,招贤良,赵绾、王臧等以文学为公卿。"《史记·儒林传》:"延文学儒者数百人,而公孙弘以《春秋》白衣为天子三公。""治礼,次治掌故,以文学礼义为官。"这是以"文学"为"儒学"的例子。西汉桓宽《盐铁论》记载的与桑弘羊大夫对话的"文学",即指儒士之学。《史记·太史公自序》云:"汉兴,萧何次律令,韩信申军法,张苍为章程,叔孙通定礼仪,则文学彬彬稍进。"又《史记·晁错传》:"晁错以文学为太常掌故。"这是把"文学"当作包含律令、军法、章程、礼仪、历史在内的一切学术了。另一方面,此时人们把有文采的文字著作如诗赋、奏议、传记称作"文章"。于是"文章"一词取得了相对固定的新的含义,而与"文学"区别开来。《汉书·公孙弘传·赞》中云:"文章则司马迁、相如。"与"文章"相近的概念还有"文辞"。如《史记·三王世家》:"文辞烂然,甚可观也。"《史记·曹相国世家》:"择郡国吏木讪于文辞、厚重长者,则召除为丞相史。"这里的"文辞"即文采之辞。不过"文章"在出现新义的同时,其泛指一切文化著作的古义仍然保留着。如《汉书·艺文志》:"至秦患之,乃燔灭文章,以愚黔首。"作为包括"文学""文章"在内的"文",仍然指一切文字著作。因此,《汉书·艺文志》所收"文"之目录包括"六艺"(六经)、"诸子""诗赋""兵书""术数""方技"的所有文化典籍。

魏晋南北朝时期,人们继承汉代"文章"与"文学"的分别,以"文章"指美文,以"文学"指学术。如《魏志·刘劭传》:"文学之士,嘉其推步详密文章之士,爱其著论属辞。"刘劭《人物志·流业》:"能属文注疏,是谓'文章',司马迁、班固是也;能传圣人之业,而不能干事施政,是谓'儒学',毛公、贯公是也。"所以刘勰《文心雕龙·序志》说:"古来文章,以雕缛成体。"《情采》篇说:"圣贤书辞,总称'文章',非采而何?若乃综述性灵,敷写器象。其为彪炳,绳采名矣。""夫铅黛所以饰容,文采所以饰言。"同时,"文学"一词也出现了狭义的说法,而与唯美的"文章"几乎相同。宋文帝立四学,"文

· 40 ·

学"成为与"经学""史学""玄学"对峙的辞章之学,亦即汉人所称的狭义的"文章"。其后宋明帝立总明馆,分为"儒""道""文""史""阴阳"五部,其"文"即与上述"文学"相当。与此同时,南朝人又进一步分出"文""笔"概念。"文"是有韵的、情感的文学,"笔"是无韵的、说理的文学。这种与"笔"相举的"文",萧绎说它"惟须绮縠纷披,宫徵靡曼,唇吻道会,情灵摇荡",与今天所讲的以"美"为特点的"文学"是相通的。

陆机《文赋》说:"诗缘情而绮靡。"其实,魏晋南北朝时期不仅"诗"重视"绮靡"的形式美,而且整个文学都体现出唯美的倾向。以刘勰为例,刘勰《文心雕龙》所论之"文"范围虽然很广,但大多以形式美相要求。如《征圣》论:"圣人之文章,衔华而佩实者也。"《宗经》说:"扬子比雕玉以作器,谓《五经》之含文也。夫文以行立,行以文传,四教所先,符采相济。"《辨骚》说楚辞:"金相玉式,艳溢铺毫。"《颂赞》论颂、赞:"镂彩摛文,声理有烂。"《祝盟》论祝辞和盟书:"立诚在肃,修辞必甘。"《诔碑》论诔文和碑文:"铭德慕行,文采允集。"《杂文》论对问、七、连珠乃至典、诰、誓、问、览、略、篇、章、曲、操、弄、引、吟、讽、谣、咏:"渊岳其心,麟凤其采。""负文余力,飞靡弄巧。""甘意摇骨体,艳词动魂魄。""体奥而文炳""情见而采蔚"。《诸子》论诸子之文:"研夫孔、孟所述,理懿而辞雅;管、晏属篇,事核而言练;列御寇之书,气伟而采奇;邹子之说,心奢而辞壮……《淮南》泛采而文丽。斯则得百氏华采……"《论说》说:"论也者,弥纶群言,而研精一理者也。""飞文敏以济词,此说之本也。"《封禅》说封、禅之文:"鸿律蟠采,如龙如虬。"《章表》说章表,"章式炳贲""骨采宜耀"。《议对》说议与对策之文,"不以繁缛为巧",而"以辨洁为能"。《书记》论包含"簿"录"方""术"等24

种文体在内的"书记","或全任质素,或杂用文绮""既弛金相,亦运木讷""文藻条流,托在笔札"。因此《总术》总结说:"凡精虑造文,各竞新丽。"文采美几乎成了所有文体的创作要求。所有这些,都标志着文学观念的演进与深化。

然而,这并不是说这个时期人们对"文学""文章"的内涵、特征的认识就与今人的"文学"概念完全一样了。上述萧绎对"文"的界定与要求,只代表古人对广义的"文"中一种门类的作品特质的认识,它是一种文体概念,而不是一般意义上的"文学"概念。它与"笔"一样都统属于广义的"文"这一属概念之下。

就一般意义而言,广义的文学概念并没有改变。曹丕《典论·论文》:"盖文章,经国之大业,不朽之盛事。"挚虞《文章流别论》:"文章者,所以宣上下之象,明人伦之叙,穷理尽性,以究万物之宜(仪)者也。"《文心雕龙·时序》谓:"唯有齐楚两国,颇有文学。""自献帝播迁,文学蓬转。"这里的"文章""文学"外延远比我们今天所说的文学广泛得多。这种泛文学观念,古人虽未明确解说,却无可置疑地体现在这一时期的问题论中。曹丕《典论·论文》列举的"文"有奏、议、书、论、铭、诔、诗、赋八体,陆机《文赋》论及的文体有诗、赋、碑、颂、论、奏、说十类。挚虞《文章流别论》所存佚文论述的文体有颂、赋、诗、七、箴、铭、诔、哀辞、哀策、对问、碑、图谶。萧统《文选序》明确声称他的《文选》是按"事出于沉思,义归乎翰藻"的标准编选作品的,《文选》不录经、史、子,可见其对文学的审美特点的重视。然而即使在他这样比较严格的"文"的概念中,仍然包含了大量的应用文、论说文。《文选》分目有赋、诗、骚、七、诏、册、令、教、策、文、表、上书、启、弹事、笺、奏记、书、檄、对问、设论、辞、序、颂、赞、符命、史论、史述赞论、连珠、箴、铭、诔、哀文、哀策、碑文、墓志、行状、吊文、祭文等三十多类，足见其"文"的外延之宽泛。刘勰《文心雕龙》之"文"，较之《文选》之"文"，外延更加广泛。《文心雕龙》所论，仅篇目提到的就有包括子、史在内的三十六类文体，在《书记》篇中，作者又论及谱、籍、簿、录、方、术、占、式、律、令、法、制、符、契、券、疏、关、刺、解、牒、状、列、辞、谚二十四体，其中有不少文体不仅超出了美文范围，甚至还超出了应用文、论说文范围，如"方"指药方，"术"是指算书，"券"指证券，"簿"指文书。这与班固的《汉书·艺文志》的收文范围及其体现的文学概念如出一辙。曹丕讲："夫文，本同而末异。"在六朝人论及的各种文体中，它们是建立在一个什么样的共同的根本（"本同"）之上而被统一叫作"文"的呢？只能找到一个共同点，即是它们都是文字著作。正如后来章炳麟指出的那样："凡云'文'者，包络一切箸于竹帛者而为言。"

唐朝韩愈、柳宗元掀起古文运动，南宋真德秀步趋理学家之旨编《文章正宗》与《文选》抗衡，取消了两汉时期"文学"与"文章"的分别和六朝的"文""笔"之分，文学观念进入复古期，"文学""文章""文辞"或"文"泛指各种体制的文化典籍，嗣后成为定论，一直延迄清末。晚清刘熙载《文概》论"文"，包括"儒学""史学""玄学""文学"："大抵儒学本《礼》，荀子是也；史学本《书》与《春秋》，马迁是也；玄学本《易》，庄子是也；文学本《诗》，屈原是也。"他还概括说："六经，文之范围也。"正中经六朝而远绍先秦的文学观念。因而，章炳麟在《文学总略》中对"文"或"文学"的解说，乃是对中国古代通行的文学观念的一次理论总结。

第二节 孔子思想与儒家文学观念

一、孔子思想与礼乐文化的文学渊源

孔子文学思想的文化渊源,要从文学思想的萌芽说起。先秦时代是中国古代文学批评的萌芽阶段,这个阶段有关文学的意见,只有简短的资料。它们大抵散见在各种学术著作中,成篇的专门论述文学的文章尚未出现。然而,周代的文化学术有很大的发展。相传孔子编订的六经,绝大部分产生于周代,《诗经》也都是周诗。由于诗歌创作的发展,从西周到东周春秋时代,人们逐渐形成了对诗歌作用的一些认识和见解,那就是:作诗可以表达自己的喜怒哀乐之情,表达对别人或事物的赞美或讽刺;通过采诗、观诗,可以了解人们的思想感情,考察民情风俗。这种认识,以后发展成为比较完整的"言志""美刺""观风"等诗歌理论。

春秋战国时期是社会发生剧烈变革的时期。由于生产的发展和阶级矛盾的尖锐化,旧的奴隶制度逐步解体,新的封建制度逐步形成。在当时社会剧烈变化的过程中,涌现出许多思想家,他们依据不同的阶级性,提出许多不同的政治、经济、哲学等方面的主张,形成百家齐鸣、文学作品异常繁荣的历史性的大局面。在诸子百家的论著中,包含着不少有关文学的见解,这些虽然还没有成为完整的篇章,但其中已经有不少较为深刻的原则性的论点,对于后世的文学批评,有很大的启发和影响。特别是儒家的文学思想,在中国文学批评史上占有重要的地位。这时期人们所用的"文学"这一名词,内

容比较宽泛。所谓"文"或"文学"是文化学术的总称,具体地说,就是《诗》《书》《礼》《乐》等著作,而其中只有少数是文学作品。当时人们常用的和文学有关的另一个名词是"言"或"言辞"。它表现在口头上,是人们的口头谈话和政治外交辞令等;表现于书面记录,主要是政治文告、法令和学术著作等。它的含义也比较宽泛。所以,当时的人们对于文学的见解,大都包含在对文化学术的见解范围之内。当时的思想家常常提到关于诗的意见,那是比较纯粹的有关文学的见解。但《诗》三百篇大都入乐,诗乐紧密配合;人们对于诗歌和音乐的见解,也常常互相联系,有时很难分开。基于上述情况,这段文学批评史的内容,特别不容易跟学术思想史、美学思想史划出清楚的界限。然而儒家的创始人孔子很重视文学(文化、学术),这就为孔子文学思想的发展提供了一个重要的条件。

生活在春秋末期"礼坏乐崩"时代的孔子,对"礼乐文明"怀着真诚的信仰,在春秋时代礼乐文化激烈的变革中,以"仁"释礼,援仁入乐,通过改变礼乐文化的精神基础,以期"挽狂澜于既倒,扶大厦之将倾",进而实现其复兴周代"礼乐文明"的文化理想。礼是一种举止文雅崇高的艺术。脱胎于原宗教祭仪的周代礼乐文化,其"礼乐相须以为用"的表现形式,使其发朝之时,便和作为文学的"诗"与作为艺术的"乐"紧密地联系起来,周代礼乐文化的表现方式,亦是联系文学和艺术的存在方式。从这个意义上说,周代的礼乐文明不仅是孔子文学思想发生的文化背景,也是孔子文学思想最为切近的来源。研究孔子文学思想,周代礼乐文明不仅是其产生的重要历史背景和文化资源,而且在某种程度上甚至是其文学思想的一部分,正因为有作为历史源头的西周礼乐文化,春秋末期遂有孔子以礼乐为价值取向的儒家文学思想因素。因此,对孔子文学思想的研究,不能不从这里开始。

(一)礼乐溯源

"礼乐文明"虽然是人们对周代文化的特定称谓,但礼乐并非周人所创,而是有其更为古远的源头。究竟源头在哪里,大家的说法并不是很一致。孔子曾经感叹说:"礼云礼云,玉帛云乎哉!乐云乐云,钟鼓云乎哉!"这些或多或少地都反映了古代礼仪活动可能就是用玉帛、钟鼓为代表物的。从字源上看,古时的"礼"指的是行礼之器,后来推而广之,凡"奉神人事通谓之礼",这样"礼"与祭祀就有着不可分割的关系。《礼记·礼运》载:"夫礼之初,始诸饮食,其燔黍捭豚,污尊而抔饮,蒉桴而土鼓,犹若可以致其敬于鬼神。"虽然这里认为礼始诸饮食,但它又说即使在污尊杯饮的阶段,也是"蒉桴而土鼓",礼乐并用,致敬鬼神的,可见"礼"的终极目的仍与祭祀密切相关。

虽然我们不能具体考订礼、乐起于何时何地,但可以知道,在人类文化发展的过程中,礼、乐都曾经与原始祭祀有关,是原始祭祀中不可或缺的环节。礼最初指祭祀时的行礼之器,乐指祭祀时的乐舞。礼器的作用是示敬,乐舞的作用是娱神,而礼、乐在原始祭祀中所呈现出的这种相辅相成的文化功能,也正是礼、乐后来为政治所用,并逐渐成为一种文化模式的根本原因。

礼的观念从周初时便显示出来,周代的文化系统是在对前代文化批判继承的基础上发展而来的:"殷因于夏礼,所损益,可知也。周因于殷礼,所损益,可知也。"(《论语·为政》)礼在周代不再是单纯的仪式、仪节,而是礼典、道德伦理融为一体,成为周代政治、文化的核心,其影响遍布于意识形态和社会生活各个领域。在周人那里,"乐"的作用也不仅是用以娱神,而是作为"礼"的外在表现形式,广泛地应用于贵族阶级各种典礼仪式,一方面将等级差别以用"乐"的差异表现出来,另一方面又借助乐的"异文合爱"(《礼记·乐记》)的和合作用,以巩固政权、规范贵族生活。人们所说的"礼乐教化"对于孔子来说,既是他的文学思想发生的文化历史背景,也是他的文学思想的构成元素。文学思想表征了他的礼乐思想的文化艺术精神,礼乐思想规定了他的文学思想的政治教化伦理道德品格。孔子的这些文化教育思想对当今传统的道德审美文化具有深远的借鉴作用。

(二)礼乐文化的文学意义

西周的礼乐文化,一方面,使作为区分社会等级秩序和社会行为规范的"礼",成为周代文化的核心;另一方面,又使在原始祭祀中与礼并立、用于娱神的"乐",转向治人,形成了礼本乐用,乐以礼制的文化格局。"乐之为乐,有歌有舞"(《左传·襄公二十九年》孔注),古时的乐是诗(祷辞)、乐、舞三位一体的综合艺术。

从这个意义上说,周公制礼作乐的过程,既是一次政治体制、社会秩序的建立和规范的过程,也是一次文学思想、文学观念的强化过程,因而有着重要而深远的文学意义。西周作为礼制载体的乐被称为"雅乐"。但"礼乐相须以为用"的文化格局并非就意味着"礼"与"乐"在文化地位上是一致的,"乐"的作用是为辅"礼",周代的雅乐除了作为礼制象征之外,还承担着德育教化的政教功能。西周时代"乐以礼制,礼本乐用"的文化格局,一方面使"乐"作为"礼"的载体,将强调贵贱尊卑的"礼"通过"乐"的不同形式展示出来。"礼"就是国与家的秩序,在家里面,父子、夫妻、兄弟要长幼有序、尊卑有位;在庙堂上,君臣要有义,贵贱要有别,这就是"礼"。"礼"就是最高的人伦道德,所以诗和音乐就是这种人伦道德的最感性的显现。另一方面指"体要""大体",指文体的内在规定性。笔者认为"礼"也就是内在的本质性的人格道德。在西方大多文学理论中,"体"的"风格"和"形式"词义各异,在理论上分工也比较明确,但是在中国古代却很难统一在"文体"上,"体"是本体与形体之奇妙统一。中国古代文体学的综合性极强,包含了文学、风格学与相关审美形式等理论。文学作为一种活动,是人类社会所特有的现象。很多人物也被人们直接或者间接地描写。文学是直接或者间接地写人的,很多时候也都是为人们的需要而写的。所以在很大程度上,人显然是文学活动的出发点和归宿点。文学是以活动的方式而存在,是整个人类活动的一种高级的特殊精神活动,因此文学活动的发生也即文学思想的产生,是与人类的活动息息相关的。

二、儒家文学观念

(一)中庸的文学追求

"中庸"是儒家重要的思想范畴,孔子将其概括为"过犹不及"。这也成为儒家哲学的最高准则,中庸之道表现在文学上,形成了以"中和为美"的文学观。《论语·八佾》载"《关雎》乐而不淫,哀而不伤",是因为它恰如其分地表现了人的情感:快乐而不至于毫无节制,悲伤而不至于伤害身心,情感与理智达到了完美的统一。"子谓《韶》,尽美矣,又尽善矣。谓《武》,尽美矣,未尽善矣。"《论语·雍也》又载:"质胜文则野,文胜质则史。文质彬彬,然后君子。"这些都是孔子"中庸"思想的表现,这一思想直接影响后世文学理论的发展。

《礼记·经解》引孔子语云:"其为人也温柔敦厚,诗教也。"《礼记·中庸》云:"喜怒哀乐之未发谓之中,发而皆中节谓之和。"提出"致中和"的主张。《毛诗序》论述诗歌的言情特点时,提倡"发乎情,止乎礼义"。汉代董仲舒出于维护封建专制统治的需要,在文学思想上将孔子的"思无邪"申发为"中和之美"。唐代古文运动的代表韩愈和柳宗元都极力推崇"文以明道"。受中庸平和的儒家思想的影响,中国古代文学崇尚美在其中而简朴于外,平淡而有实理,简约而有文采,温和而有条理,含蓄写意的美学风格,主张在文学作品中要有节制地宣泄情感,以"远而不怒""婉而多讽"的方式来批判现实。强调文学所抒之情,要"以理节情",这对塑造中国文学艺术含蓄蕴藉、深沉内向的总体美学形象和民族性格起着重要作用。创作上不以表达纯情的文学作品为上品,往往是情理兼具,文质并重;崇尚从容、雍穆,富有委婉、典雅,而缺乏直率、狂热、奔放、潇洒。儒家的"中庸"思想在文学表现方面似乎是要在文学作品表现情感与表现理性之间寻找一个平衡点,创造一个情与理相统一的审美境界,目的是更好地发挥文艺作品对人的陶冶、净化作用。

(二)天人合一的文学理念

中国古代"天人合一"的思想传统,有一个逐渐演化的过程。中国人习惯把自然天地与人的道德精神结合起来，比如孔子的"知者乐水，仁者乐山"的说法。在他看来，智者和仁者各有不同的思想品格，他们从山水之中直观他们各自的德性，从而产生审美的愉悦感。儒家的自然山水之美，乃是一种德行之美，是一种自然美景与人的美德的统一，二者联系在一起，必将"天人合一"的观念贯穿到艺术创作和审美理想的追求中，所以"天人合一"亦即"天人合德"，也就转化为艺术创作和欣赏中的"情景合一"，有此"情"乃有此"景"，有此"景"乃有此"情"，"情"（人）和"景"（天）缺一不可，并且情景相互交融为"一"，才能产生充满道德精神润泽的"圣贤意境"。

"天人合一"的思想发展到了汉代，演变成董仲舒的天人感应论，董仲舒认为人是天的副本，人的一切都是效法于天的，包括人的生理结构。这里显然有滥用的成分，并且从某些方面来说很消极，但其中心意思是，人与宇宙是一个和谐的整体，一个系统，人的活动应遵从宇宙的规律。"天人合一"是儒家从先秦到宋明以至现代一个重要理论特点。天人合一不是把人所居的自然界仅仅当作征服的对象，也不是在它面前盲目崇拜而无所作为。儒家思想中的"天人合一"更重要的是体现在人与人之间的和谐。儒家的核心三纲五常，就是在承认社会等级制度、承认人的位分的差别上，和谐人与人的关系。宋明理学强调人的位分，人在不同的地位有不同的义务和责任，但人皆可以成就理想人格，皆可以从自己所处的位分上进行道德实践。

综上所述，儒家思想对于中国文学的影响是巨大的，儒家思想融于中国人的生活、文化，而对中国文学产生影响的，也恰恰是儒学中最具本质意义的东西。

第三节　老庄哲学与道家的文学观念

一、老庄的思想渊源

（一）老子的思想渊源

老子生活于约公元前 571 年至前 471 年之间，是中国古代伟大的哲学家和思想家、道家学派创始人，被唐朝帝王追认为李姓始祖。老子被列入世界百位历史名人之一，存世有《道德经》（又称《老子》），其作品的精华是朴素的辩证法，主张无为而治，其学说对中国哲学发展具有深刻影响。在道教中老子被尊为道教始祖。老子在政治上是积极的。

老子尚柔守雌，其思想渊源于商朝的《归藏（坤乾）》。老子提出了关于"道生一，一生二，二生三，三生万物"的宇宙论体系。

（二）庄子的思想渊源

庄子是战国中期道家学派的代表人物，著名的思想家、哲学家、文学家，道家学说的主要创始人之一。庄子祖上系楚国公族，先人避夷宗之罪迁至宋国蒙地。庄子生平只做过地方漆园吏，因崇尚自由而不应同宗楚威王之聘。他也是老子思想的继承和发展者。后世将他与老子并称为"老庄"。他们的哲学思想体系，被思想学术界尊为"老庄哲学"。代表作品为《庄子》以及名篇《逍遥游》《齐物论》等。

庄子思想主要有两个来源，一是老子，一是《易经》。《周易》本经始终未体现阴阳二字,可庄子洞察到"《易》以道阴阳"。庄子的"天籁、地籁、人籁"思想就是《易经》"三才"思想的别称。庄子尊重天道,主张"天地与我并生,而万物与我为一",强调"天人合一"。

庄子善作儒家的反命题。儒家主张"天人有分",庄子在《庄子·三木》篇中则说"无始而非卒也,人与天一也"。李学勤先生指出,庄子《三木》这一章在天人关系认识上正好与孔子"天人有分"思想相反,这正是庄子一派习用的手法。

二、道家的文学观念

(一)老子的文学观念

在老子的时代,文学是供贵族奴隶主表现权威、满足欲望的,而百姓却处在饥寒交迫的境地,文学被礼乐文明异化了,所以老子对当时的文学采取了全面否定的态度。老子认为正是礼乐文学使人们变得虚伪狡诈,失去了人性纯真的本质,为了"去欲",老子在文学上提倡"绝圣弃智""绝仁弃义""绝学无忧",在精神上追求"无知无欲"、老死不相往来。他还说:"五色令人目盲,五音令人耳聋。"这里"五色""五音"就是指文学艺术,这些文学形式刺激人的欲望,让人发狂,百姓不复慈孝,难以生存,所以"圣人为腹不为目",文学艺术不符合社会实用的标准,有害人心,应该被排除在外。同时,老子对"言"和"辩"也做出了评价,指出"美言不信",否定了文学的形式美;"善者不辩",否定了文学的思想内涵。所以,在老子看来,"文学"应该是以人的生存为目的,以人的精神无欲为追求的,而最好的实现方式就是对文学艺术与文化教育的不作为。

老子的文学观以"道"为本，道是"自然"的，是虚无缥缈、不可言说的，是无限与有限、混沌与差别的统一。自然之道是可以应用于一切事物的，无论是用于政治还是用于文学都一样，老子的自然之道强调"无为"，即"文学"应合乎自然规律，言语修辞要顺应自然，不强求、不泛滥。在这种认知的基础上，老子提出了一种新型的文学大美境界："大音希声，大象无形。"有声有象的部分美不是"全美"，全美是"道"的体现，想要感受自然的这种完美深厚、多变圆融之"道"，老子认为要在心境上做到"涤除玄览"。"道"是玄妙莫测、无中生有的，所以只有排除外部干扰，达到致虚守静的状态，从而使精神集中来体察"全美"的"道"。只有满足以上条件的文学，才是符合自然之道的文学。

老子强调"道法自然"，反对文学是因为当时的文学充满了情感的泛滥。虽然老子为文学设定了境界，但这种境界是不可言说的，不过老子给出了"文学"应有的特质，比如在心境上要做到"致虚境，守静笃"，虽然是为了感悟"道"的途径，但是也可以引申为文学所需要的创作状态与赏析前提，甚至可以说是一种审美标准，而被后世吸收，广泛地应用到文学观念里。

（二）庄子的文学理论

庄子继承了老子对礼乐文明的看法，他认为文学所带来的文化知识是社会混乱的根源，文学扭曲人的本性、扰乱秩序，要求"灭文章，散五彩"，毁灭一切文学文化，希望回到原始的朴素社会中。而且，庄子还指出了一直被追捧的文化典籍的弊病，文献不过是文字的记录，是僵固的学问，文字没有办法表达出学术的全部内涵，人也无法理解文字背后的真实意义，从这一方面讲，文学也是没有存在价值的。

庄子主张"自然无为"，反映在文学审美上就是对自然之美的追求，庄子反对人为的文学形式，并将之作为文学的创作要求与审美理念。真正的美是"天籁"，人为的丝竹之音最低，更不要说被礼乐束缚的文学了，庄子消解了文学活动中人为的创作与修饰，反对文学创作中对言辞的繁复雕琢，明确讽刺礼乐文明以道德仁义为美。庄子崇尚自然，在《庄子》中，像庖丁解牛、轮扁斫轮这样的小故事不胜枚举，庄子希望通过这些故事来引出文学应该尊崇自然的法则，即使是人为的艺术，也应该在精神上顺应自然，只有这样才能够使文学与自然同化，从而达到浑然天成的境地。

庄子给出了如何追求"道"中的自然之美的方法，一是虚静，二是物化。庄子认为"道"就在万物之中，想要观"道"，就要"心斋""坐忘"，提高主体修养、摒弃欲望，然后才能做到"天地与我并生"，达到"万物与我为一"的状态。当主体精神与外物同化，观察到"道"的美，人就想描述出来，于是庄子对"言"和"意"的关系做出说明。"言"是表达"意"的工具，"言"是手段，"意"才是目的，二者不可混淆。庄子提出了几种"言"的方式：寓言、重言、危言。当这些手法也有表达不出"意"的时候，可以借助"象圈"来实现。庄子的言、象、意渗透到文学观念中，扩大了文学的范畴，文学成为具象与抽象、有限与无限、经验与超验的统一。

第四节 法家的文学观念

一、法家的思想渊源

　　法家是中国历史上研究国家治理方式的学派，提出了富国强兵、以法治国的思想。它是诸子百家中的一家，战国时期提倡以法制为核心思想的重要学派。

　　《汉书·艺文志》将法家列为"九流"之一。其思想源头可上溯至春秋时的管仲、子产。战国时李悝、吴起、商鞅、慎到、申不害等人予以大力发展，遂成为一个学派。战国末韩非对他们的学说加以总结、综合，集法家之大成。法家强调"不别亲疏，不殊贵贱，一断于法"。法家是先秦诸子中对法律最为重视的一派，而且提出了一整套理论和方法。这为后来建立的中央集权的秦朝提供了有效的理论依据，后来的汉朝继承了秦朝的集权体制以及法律体制，这就是中国古代封建社会的政治与法制主体。法家作为一种主要思想派系，他们提出了至今仍然影响深远的以法治国的主张和观念，这就足以见得他们对法制的高度重视，以及把法律视为一种有利于社会统治的强制性工具，这些体现法制建设的思想一直被沿用，成为统治者稳定社会的主要手段。

　　在中国传统法治文化中，齐国的法治思想独树一帜，被称为齐法家，古代大家和近代学者一致认为其为道家分支。齐国是"功冠群公"的西周王朝开国功臣姜太公的封国，姜太公的祖先伯夷辅佐虞舜，制礼作教，立法设刑，创立礼法并用的制度。太公封齐,简礼从俗,法立令行,礼法并用成为齐国传承不废的治国之道。管仲辅佐齐桓公治齐,一方面将礼义廉耻作为维系国家的擎天之柱,张扬礼义廉耻道德教化的重要性;另一方面强调以法治国,君臣上下贵贱皆从法,成为中国历史上第一个提出以法治国的人。至战国时期,齐国成为中国历史上第一次思想解放运动和百家争鸣的策源地,继承弘扬管仲思想的一批稷下先生形成了管仲学派。管仲学派兼重法教的法治思想成为先秦法家学派的最高成就。

战国是一个大变革的时代。铁制工具的普及大大提高了生产效率,使个体家庭成为基本的生产单位。战国时期法家先贤李悝、吴起、商鞅、申不害、乐毅、剧辛相继在各国变法,废除贵族世袭特权,使平民可以通过开垦荒地、获得军功等渠道成为新的土地所有者,让平民有了做官的机会,瓦解了周朝的等级制度,从根本上动摇了靠血缘纽带维系的贵族政体。平民的政治代言人是法家,法家的政治口号是"缘法而治""不别亲疏,不殊贵贱,一断于法""君臣上下贵贱皆从法""法不阿贵,绳不挠曲""刑过不避大臣,赏善不遗匹夫"。

法家在法理学方面做出了贡献,对于法律的起源、本质、作用以及法律同社会经济、时代要求、国家政权、伦理道德、风俗习惯、自然环境以及人口、人性的关系等基本问题都做了探讨,而且卓有成效。

二、法家的文学观念

法家代表新兴的地主阶级的利益,韩非作为法家的集大成者,他的文学观念带有明显的反儒性质。法家的政治哲学与墨家相似,都强调以现实利益与实际效果作为评判优劣的标准,这就导致法家不会认同儒家关于文学是积极劝导的观念。法家着眼于法制,法制的特点是限制,在劝导的过程中会出现差错,但是用法令的手段效果是唯一的,所以法家主张排斥一切文化学术,消除一切文献制度,实行文化专制政策。

韩非师承荀子,他继承了荀子人性恶的观点,法家的文学观念是以人性趋利避害为依据的。韩非认为人与人之间的关系是利害关系而不是伦理关系,所以文学的教化作用是不可能在人际关系上实现的,这样文学的社会同化作用就不存在。国家应该放弃"六艺之教",韩非认为如果像儒家一样教育民众以学问,就会使百姓拥有自己的想法,造成私下议论政事、私自抵抗政令的现实,从而破坏国家的稳定统治和法令的顺利实施。如果统治者允许文学对政治进行干预,就会造成国家秩序的混乱,韩非预见到了"文学者非所用,用之则乱法"的恶劣后果,所以才会那么激烈地排斥文学和学者。不仅如此,韩非还强调要对人民的思想、言谈进行控制,对民众的言谈举止有具体的要求,并通过法令条文来规范不轨言行。一切文学活动都要"以法为本",包括对言辞的表达与修辞的手法,矫揉造作、不合法令的文章内容与文学形式应该被禁止。

韩非认为当时社会有"今修文学,习言谈,则无耕之劳而有富之实,无战之危而有贵之尊"的不良风气,人们向往学术文化不利于耕战的推行。他主张"不期修古,不法常可"的"变易"发展观,反对学习古代的文化制度,应以现实为根据变新。所以韩非在《五蠹》里对理想社会有这样的设想:农民、战士、管理者,其他的职业是不必要的,"学者"对发展国家实力没有帮助,所以学者是应该被消灭的蠹虫,学者掌握的"文学"自然也应该被消灭。韩非在政治上否定文学，因为"儒以文乱法"，明确要求"息文学而明法度"，坚持"以法为教""以吏为师"，主张摒弃文学中的文化制度和典籍学术。法家排斥文学带来的不利于统一的"思想自由"，认为文学最不应该去宣传那些仁义道德。法家需要的是完全作为政治统治工具存在的耕战文学，文学不需要任何华丽善辩的言辞、曲折隐晦的思考、独立自由的意志，"文学"只需要成为为君主歌功颂德、操控人民的手段即可。

法家的文学观是建立在"以功用为之意"的基础上的，一切评判标准都以政治统治为最终目标，文学作为精神文明的组成部分是不利于实现国家物质繁荣的，法家需要的"文学"是法令文书。所以，法家的文学观反对一切文学的内容和形式，认为文学不仅不利于耕战，更不利于政治的统治，企图通过文化专制的法律政令来取代文学所代表的意识形态。

第四章 中国古代文学研究理论

第一节 中国古代文学的创作发生论

优秀文学创作的发生虽然具有一定的偶然性，但其中的规律和刺激文学创作发生的物和情值得我们去学习和研究。

一、文学创作与物情相关

文学创作与物情相关，这种观点源远流长，阵容颇壮。《乐记》云："凡音之起，由人心生也，人心之动，物使之然也。"陆机《文赋》讲："遵四时以叹逝，瞻万物而思纷，悲落叶于劲秋，喜柔条于芳春。"刘勰《文心雕龙·明诗》讲："人禀七情，应物斯感，感物吟志，莫非自然。"钟嵘《诗品序》讲："气之动物，物之感人，故摇荡性情，形诸舞咏。"这些言论清晰地勾画了物——情——辞的生成路线，奠定了这种观点的雄厚基础。此后，这种观点则成为常识，而为历代文人所引述。如唐代的白居易说："大凡人之感于事，则必动于情，然后兴于嗟叹，发于吟咏，而形于歌诗矣。"宋代的朱熹说："人生而静，天之性也；感于物而动，性之欲也。夫既有欲矣，则不能无思；既有思矣，则不能无言；既有言矣，则言之所不能尽，而发于咨嗟咏叹之余者，必有自然之音响节奏，而不能已焉。此诗之所以作也。"明代的蔡羽说："辞无因，因乎情；情无异，感乎遇。遇有不同，情状形焉。是故达人之情纾以纵，其辞喜；穷士之情隘以戚，其辞结；羁旅之情怨以孤，其辞慕；远游之情荒以惧，其辞乱；去国丧家者思以深，其辞曲。此无他，遇而已矣。"清代的尤侗说："文生于情，情生于境。"

作为文学本源的"物"，要义有二。一是指自然景物，古人常称"景"，如刘勰《文心雕龙·物色》说："献岁发春，悦豫之情畅；滔滔孟夏，郁陶之心凝；天高气清，阴沉之志远；霰雪无垠，矜肃之虑深。岁有其物，物有其容，情以物迁，辞以情发。"杜甫说："云山已发兴，玉佩仍当歌。"二是指社会生活，古人常称"事"，如钟嵘《诗品序》讲："嘉会寄诗以亲，离群托诗以怨，至于楚臣去境，汉妾辞宫，或骨横朔野，或魂逐飞蓬，或负戈外戍，杀气雄边，塞客衣单，孀闺泪尽，或士有解佩出朝，一去忘返，女有扬蛾入宠，再盼倾国，凡斯种种，感荡心灵，非陈诗何以展其义？非长歌何以骋其情？"

由此可见文学是表情达意的，而情感的产生又基于现实事物的感触，有什么样的生活遭遇，就有什么样的思想情感及其表现，因而古代文论有"不平则鸣"说。司马迁在《史记·太史公自序》中曾深有体会地指出："夫《诗》《书》隐约者，欲遂其志之思也。昔西伯拘羑里，演《周易》；孔子厄陈、蔡，作《春秋》；屈原放逐，著《离骚》；左丘失明，厥有《国语》；孙子膑脚，而论兵法；不韦迁蜀，世传《吕览》；韩非囚秦，《说难》《孤愤》；《诗》三百篇，大抵贤圣发愤之所为作也。此人皆意有所郁结，不得通其道也，故述往事，思来者。"韩愈则把这种现象总结为："大凡物不得其平则鸣草木之无声，风挠之鸣；水之无声，风荡之鸣，其跃也或激之，其趋也或梗之，其沸也或炙之；金石之无声，或击之鸣；人之于言也亦然，有不得已而后言，其歌也有思，其哭也有怀。凡出口而为声者，其皆有弗平者乎！"由于人处于富贵、平安的顺境时，感受不深、不真；处于穷苦、坎坷的逆境时，不仅情真意切，而且能感他人所不能感，思他人所不能思，发他人所不能发，所以常有这种现象："和平之音淡薄，而愁思之声要妙；欢愉之辞难工，而穷苦之言易好也。"这就叫"诗（文）穷而后工"。欧阳修曾揭示过其中奥秘："凡士之蕴其所有，而不得施于世者，多喜自放于山巅水涯之外，见虫鱼草木、风云鸟兽之状类，往往探其奇怪，内有忧思感愤之郁积，其兴于怨刺，以道羁臣寡妇之所叹，而写人情之难言。盖愈穷则愈工。然则非诗之能穷人，殆穷而后工也。"举例说来，"李陵降胡不归而赋别苏武诗，蔡琰被掠失身而赋《悲愤》诸诗，千古绝调，必成于失意不可解之时。惟其失意不可解，而发言乃绝千古。下此嵇康临终，杜甫遭乱，李白投荒，皆能继响前贤""使七子不当建安之多难，杜陵不遭天宝以后之乱，盗贼群起，攘窃割据，宗社乾脆，民众涂炭，即有慨于中，未必其能寄托深远，感动人心，使读者流连不已如此也"。这正如陆游曾戏谑而不无自嘲地感叹的那样："天恐文人未尽才，常教零落在蒿莱。"

因此，作家的生活经历、人生际遇对创作具有一定的决定作用，"身之所历，目之所见，是铁门限"。有鉴于此，古人强调作家"伫中区以玄览"（陆机），"读万卷书，行万里路""多历名山大川，以扩其眼界"，要像杜甫、白居易那样"身入闾阎，目击其事"，了解民生疾苦，反对作家"纸上谈兵""闭门造车"，所谓"纸上得来终觉浅，绝知此事要躬行""山思江情不负伊，雨姿晴态总成奇；闭门觅句非诗法，只是征行自有诗""眼处心生句自神，暗中摸索总非真，画图临出秦川景，亲到长安有几人？"

在"物——情——辞"的文源论中，如果再追究一下，"物"是从何而生的？古人便会回答，是由"道"派生的。这样一来，就出现了中国古代另一种形态的文源论——文肇自道。

显然，这种"道"在古人的幻想中，是离开心灵乃至人之外而存在，派生天、地、人"三才"乃至万物众生的宇宙本体，是"天道""太极"。

二、文学创作的发生源自心灵的渴求

在"物——情——辞"的文学生成论中，也有人不追究"物"的生成原因，而且连"物"这一环节都给予切断、舍弃，这就形成了另一形态的文源论——文本心性。

以心灵为文学的本源，这在中国文学表现论中已露端倪。按照文学表现论，文学既然是心灵表现，而非现实的模仿，所以外物不同于在艺术模仿中那样作为文艺的反映对象而成为文艺本源，而是作为心灵意蕴的刺激物、激发器，文学所要表现的不是外物而是外物所点燃的心灵火花，当外物点燃了心灵火花后，便完成了使命，退出文学表现舞台，这很容易让人得出"诗本性情"的文源观。而且，外物作用于人的心灵可以产生思想情感，作用于其他生物则不能生出思想感情的事实，也促使人们把文学表现的情思之源归结为"人"这个"禀有七情"的"有心之器"之"心"，而不会归结为作为情思激发器的"物"。所以，当扬雄说"言，心声也"，陆机说"诗缘情"，欧阳修说"诗原乎心者也"时，已包含了"文本于心"这样一个不言而喻的文源论。宋以后，"万法唯心"的禅宗认识论逐渐深入人心；在禅宗影响下形成的宋明理学把"天道""太极"从人心之外移植到人心之内，认为"吾心便是宇宙""人人心中一太极""心外无物"。因此,"文本心性"的观点正式提出,并蔓延开来,势力也不算小。如宋代理学家邵雍说:"行笔因调性,成诗为写心。诗扬心造化,笔发性园林。"这是典型的"文本心性"论。同时代的家铉翁说:"序诗者即心而言志,志其诗之源乎!"明确指出"志"是"诗之源"。明代李贽指出诗文之本原即童贞不昧之真心,这"童心"正打着陆九渊、王阳明心学的烙印。清代深受理学、禅学濡染的儒学大师刘熙载指出:"文不本于心性,有文之耻甚于无文。"他把这种"本于心性"的文源论唱到终古。

三、文学创作的发生来自经典的启发

有些文学理论教材认为,书本只是文学创作用资借鉴的"流",而不是文学创作赖以发生的"源"。中国古代文论则认为,书本主要是经书,可以是文学创作取之不尽、用之不竭的源泉,所谓"六经者,文之源也"。

细看一下,持这种观点的论者还真不少。北齐颜之推就指出:"夫文章者,原出《五经》:诏命策檄,生于《书》者也;序述议论,生于《易》者也;歌咏赋颂,生于《诗》者也;祭祀哀诔,生于《礼》者也;书奏箴铭,生于《春秋》者也。"他认为文出"六经",并分析了每种经典派生的文体。唐魏颢《李翰林集序》将历代文学演变的源头推到《六经》:"伏羲造书契后,文章滥觞者《六经》。《六经》糟粕《离骚》,《离骚》糠秕建安七子。七子至白,中有兰芳。情理宛约,词句妍丽,白与古人争长。三字九言,鬼出神入,瞠若乎后耳。"唐代古文家独孤及在给他人的集子作序时总结说:"公之作本乎王道,大抵以五经为泉源。"宋代李涂则在前人所说的"五经""六经"之外加上经过朱熹诠注的"四书",他说:"《易》《诗》《书》《仪礼》《春秋》《论语》《大学》《中庸》《孟子》,皆圣贤明道经世之书,虽非为作文而设,而万千文章从是出焉。"明代茅坤仍以"六经"为文之"祖龙"。宋濂则主张文学创作在"以群经为本根"之外还要以"迁、固二史为波澜"。另有些人把文源从经书扩展到一般书籍,如刘克庄指出"文人之诗"是"以书为本,以事为料"。元代杨载说:"今之学者,倘有志乎诗,须先将汉、魏、盛唐诸诗,日夕沉潜讽咏,熟其词,究其旨,则又访诸善诗之士,以讲明之。若今人之治经,日就月将,而自然有得,则取之左右逢其源。"

古代人为什么以《经》《书》为"文之渊薮"?一来,文学必须"原道",而"道沿圣以垂文"。故"原道"就是"征圣""宗经"。汉代立《诗》《书》《易》《礼》《春秋》于官学,钦定为"五经"。唐初,以《周礼》《仪礼》《礼记》"三礼",《春秋左氏传》《春秋公羊传》《春秋穀梁传》"三传"合《诗》《书》《易》为"九经"。文宗开成年间刻石国子学,又加《孝经》《论语》《尔雅》为"十二经"。至宋,列《孟子》于经部,为"十三经"。于是,人们对此奉若神明。"文出五经"乃至"群经",正是这种"宗经"观念的反映,把古代圣贤的载道之经规定为文学创作的源泉,可以从根本上奠定文学创作不偏离儒道基础。二来,古时由于文人、学者合一,文章、学术不分,故书卷、学问一直是文学使用的材料,就像清代学者总结的,文学作品是"学问、义理、辞章"三者的统一,这也自然使文论家们从书本中寻找文学源泉。三来,古代的文人学士大都过的是书斋生活,他们的创作往往不是得自"江山之助",而是得自书本的感发,所谓"若诗思不来,则须读书以发兴",这也促使他们把书本视为文学创作的一大来源。

第二节　中国古代文学的创作构思论

一、静思说

　　文学构思是一种高度专注、集中的思维活动。当创作主体进入构思之初，心灵专注于审美意象，甚至整个身心都投入审美意象，从而达到物我两忘的境界。

　　据传，贾岛"当冥搜之际，前有王公贵人皆不觉"；韩幹"画马而身作马形""与可画竹时，见竹不见人。岂独不见人，嗒然遗其身"。正如谢榛所说："思人杳冥，则无我无物。"这种"无我无物"的境界，乃是一种虚空的心灵状态。

　　由此可见，"杳冥寂寞"的"静"境与"无我无物"的"虚"境是艺术构思达到出神入化境地时必然出现的两种心理状态，也是艺术构思得以顺利进行的保证。因此，刘勰说："陶钧文思，贵在虚静。"苏轼说："欲令诗语妙，无厌空且静。""虚静"成为古代文论家对构思主体必须具备的心态的喋喋不休的要求。

　　那么，如何获得"虚静"的心态呢？简单地说，就是"去物我"以得"虚"，"息群动"以得"静"。

　　"去物"，不是把作为客观存在的外物去除掉，而是指感官在接触外物时应物而无伤，不在心灵中留下任何物的影像。它的要义有两个。一是"遗物""忘物"。怎样才能"遗物""忘物"呢？就是像庄子说的那样，"闭汝外"，关闭你所有外部感官的大门。用陆机《文赋》的话说即"收视反听"。这样就能对外物"视而不见，听而不闻"，使"心能不牵于外物"，从而给心灵留下一片空间。二是不"执物""滞物"。外物从现象上看是"有"，从实质上看是"无"，因此，感官所感觉到的物象不过是物的"末""用"，那超以象外的"空无"才是物的"本""体"。所以，对于感官所感知的物象，切不可执着为真，过分滞留于它。只有空诸物象，才能洞悉到物的本体、神韵。在这个意义上，恽军南田《瓯香馆记》说："离山乃见山，执水岂见水！"苏轼《宝绘堂纪》说："君子可以寓意于物，而不可以留意于物。寓意于物，虽微物足以为乐，虽尤物不足以为病。留意于物，虽微物足以为病，虽尤物不足以为乐。"苏轼不取的"留意于物"，即"滞意于物"。通过对"执物""滞物"的否定，心灵又进一步扩大了虚无的空间。

值得说明的是，"去物"并不意味着把心灵所有的物象都去除掉，艺术构思所要创造的审美意象是不可"去"的。"去物"的确切含义是去除心灵中与艺术构思所要创造的审美意象无关的一切物象。同样，"去我"也不意味着把作为构思主体的"我"也否定掉，而是指把与构思无关的各种欲念、情绪排除掉。心灵不空，不仅因为外界物象会通过感官进入心灵，而且因为人的各种内在的本能欲求会源源不断地自动涌入心灵。因而心灵归于虚空，不仅要外空诸相，而且要内空诸念。这种功夫，就是"绝虑"的功夫、"澄神"的功夫、"万虑洗然，深入空寂"的功夫，"疏渝五脏、澡雪精神"的功夫。通过"去物""去我"，心灵如广阔的大漠，为审美意象的生存准备了偌大空间，如冰壶水镜，为艺术构思提供了独鉴之明。

如果说"虚"侧重以空间言，"静"则侧重以时间言。《增韵》曰："静，动之对也。"得"虚"的方法是"去物我",得"静"的方法则是"息群动"。"息群动"也包括主、客体两方面。从客体方面来讲,"品物咸运,主之者静""动以静为根",客观方面"息群动",就是要透过变化无常、流动不居的现象,把握到事物寂静贞一的本体。从主体方面讲,"息群动"就是要平息各种欲望、情感、意念的活动,恢复心灵寂然不动、至性至静的本性。"躁""急""嚣""荡",主体的"息群动",包括"雪其躁气,释其竞心""整容定气,毋躁而急,毋荡而嚣"。中国古代文论中,批评家们为了促使创作主体的心灵进入静寂的境界,往往告诫创作主体选择净室高堂,面对明窗净几进行构思创作,如明代杨表正说:"凡鼓琴,必择净室高堂,或升层楼之上,或于林石之间,或登山巅,或游水湄,或观宇中。值二气高明之时,清风明月之夜,焚香静室,坐定,心不外驰,气血和平,方与神合……"为的是用外界的静寂引发内心静寂的到来。

"虚"与"静"、"空"与"寂"是相互关联的。时间和空间作为物质存在的基本方式,当心灵从空间方面"去物我"达到了虚空,也就必然会带来"万动皆息"式的寂止,这是"虚而静";当心灵从时间方面"息群动"达到了寂止,同样会带来"物我皆去"式的虚空,这是"静而虚"。因此,古人总是"虚静""空寂"联言,正揭示了二者相辅相成的关系。

经过"去物我""息群动"的修养功夫,心灵进入了一片"虚静"的状态。这个"虚"不是纯然的空无一物,它包藏着无限的"有",这个"静"也不是绝对的静止阒寂,它蕴含着最大的"动",因而这个"虚静",是包含着最大"势能"与"动能"的一种心理状态。

从"虚静"的"势能"方面说,"虚"可以"观物",亦有助于"载物"。

在古人看来，"物"的本体是"道"。"道"的实质是"无"，要能够透过物的现象"有"洞照到物的本质"无"，观照主体的心灵就必须出之以"虚"，此则古人所谓"虚则知实之情""虚其心者，极物精微""离山乃见山"。反之，如果心灵不空，感官、欲念都在活动，就会执物为有，被物的现象迷惑，背离物的真实面目，这就是古人讲的："执水岂见水！"所以，"虚心"犹如澄澈的"冰壶"、明亮的"水镜"，它可以为"观物"提供"独鉴之明"。

"虚心"不仅可以"观物"，也有利于"载物"。这个"物"就是主体在对外物的观照中通过有限把握无限，通过有形把握无形，通过客体见出主体所产生的林林总总、纷纭挥洒的审美意象。主体只有"虚心"，把其他各种物象和意念从心灵中赶走，审美意象才有生存的心理空间。所以古人讲"虚心纳物""空故纳万境""必然胸中廓然无一物，然后烟云秀色与天地生生之气，自然凑泊，笔下幻出奇诡"。"虚心"好比一口"空筐"，它可藏纳万有；"虚心"好比漠漠大荒，它可让审美意象纵横驰骋；"虚心"又好比辽阔的太空，它可允许审美意象上天入地，"精鹜八极，心游万仞"。

从"静"的"动能"方面说，"静"可以"观动"，亦有助于"载动"。按照古人的观点，"运动"只是事物的现象，"不动"才是事物的本体，所谓"飞鸟之景未尝动也"（庄子），"动以静为根"。因此，主体只有"以静观动"，才能"以不变应万变"，洞悉到"动"的主宰——事物寂然不动的本体。所以，古人说"静则知动之正""静故了群动""盖静可以观动也""素处以默，妙机其微"。运动是事物恒常不变的本体的即时表现。主体通过以静观动从而由动观静，实际上乃是在刹那间领悟永恒，即在运动的刹那之景——静景中观照恒常不变的本体。

"静心"不仅可以"观动",也可以"载动"。这种"动"就是神思的运行,审美意象的运动。主体只有使各种杂念归于寂止,才能确保艺术构思的正常进行。就是说只有静心,方可最大限度地载动。所以古代文论家每每告诫作者,要"澄神运思"(虞世南),"罄澄心以凝思"(陆机)。在审美意象的构思运动中,"静"不只可以"载动",而且可以"制动""驭动"。如刘勰说:"寂然疑虑,思接千载;悄然动容,视通万里。"郭若虚说:"神闲意定,则思不竭而笔不困也。"反之,若出之以躁动之心,则构思的运行不是进入一片无序态,就是被迫中断,断不会像春蚕吐丝那样"思不竭而笔不困"。

二、神思说

王昌龄说:"神之于心,处身于境,视境于心,莹然掌中,然后用思,了然境象,故得形似。"艺术构思作为酿造"意象"的思维活动,它是作者"处心于境,视境于心"的产物,是客观"境象"与主观情思的统一。司马相如讲"赋家之心,包括宇宙,总览人物",陆机讲构思是"精骛八极,心游万仞",刘勰讲"思理为妙,神于物游",胡应麟讲"荡思八荒,游神万古",黄钺讲"目极万里,心游大荒",都包含主体("精""心""神思""目")与客体("宇宙""人物""物""八极""万仞""八荒""万古""万里""大荒")相统一的意思。

由于"神思"是客观与主观的统一,而在客观方面参与构思的主要是物象,主观方面参与构思的主要是情感,所以"神思"又表现为形象性与情感性的统一。关于"神思"的形象性,陆机"物昭晰而互进"已有触及,刘勰则把这种现象精辟概括为"神与物游",明确指出"神思"达到极致时表现为一种形象思维。以后皎然、司空图、严羽、叶燮等人都从不同角度出发论及文学创作的形象思维特征。

关于"神思"的情感性,陆机"情曈昽而弥鲜"亦已论及,刘勰在《神思》中把"神思"说成是"情变所孕",徐祯卿在《谈艺录》中则把构思之初"朦胧萌拆"的阶段说成是"情之来"的情况,把构思达到"汪洋曼衍"之盛说成是"情之沛"的状况,把构思中"联翩络属"的现象说成是"情之一"的表现。"构思中的"形象"与"情感"是相互引发、相互推进的。陆机讲"情曈昽而弥鲜,物昭晰而互近",二语互文见义,即指"情"与"物"在相互引发中走向鲜明。刘勰讲"神用象通",即指出了主体之"神"因物像激发而畅通的现象。物可生情,而情亦可生物,所谓"登山则情满于山,观海则意溢于海",如此物象亦可为情变所孕。

"虚构性",意指对现实规定性的突破。它包含两个方面:一是超越现实的时空限制,在时间上达到永恒,在空间上达到无限。这就是古人讲的"观古今于须臾,抚四海于一瞬""恢万里而无阂,通亿载而为津""寂然疑虑,思接千载;悄然动容,视通万里"。汤显祖说:"天下文章所以有生气者,全在奇士。士奇则心灵,心灵则能飞动,能飞动则下上天地,来去古今,可以屈伸长短,生灭如意……"胡应麟说,七言律要对得好,"非荡思八荒,游神万古……不易语也"。辛文房说贾岛"游心万仞,虑入无穷"。叶燮讲文士之"才",可"纵其心思之氤氲磅礴,上下纵横,凡六合以内外,皆不得而囿之"。刘熙载说"赋家之心,其小无内"。其实都讲到了虚构性想象的超时空性。二是通过对创作主体规定性的否定,把"自我"化为"非我"的艺术形象,站在艺术形象的角度进行虚构性想象。这也就是金圣叹、李渔所讲的,通过"设身处地"的"神游""代人立言、立心",过剧中人的心灵生活。

由于艺术构思是虚构性的，不受现实规定性制约的，因而它具有一种创造性。创造性构思一方面表现在"想落天外""思补造化"的奇妙想象上，如刘熙载说司马相如："相如一切文皆善于架虚行危。其赋既会造出奇怪，又会撇入窅冥，所谓'似不从人间来者'此也。"一方面又表现为"务去陈言""自铸伟词"的语言创造活动，所谓"谢朝华于已披，启夕秀于未振"。

在文学构思中，艺术媒介就是语言。构思作为主客体的统一，从主体方面看不只是情思，而且包括语言。作家的构思始终伴随着语言。构思从一开始起就将意象翻译为语言。文学构思的意象总是处于未物化的语言中的意象。这种语言与日用语言不同，它是一定体裁、样式的艺术语言，这一点在诗人的构思中体现得最明显。诗人的构思要得以顺利展开，必须不时地完成意象向一定长度、格律的诗歌语言的置换。因而文学构思又表现为一种语言思维活动。刘勰说："物沿耳目，而辞令管其枢机。"陆机说："倾群言之沥液，漱六艺之芳润。"在创作构思中，常常会意外地出现"不以力构"而文思泉涌的现象，这种现象就是灵感，古人通常把它叫作"兴会"。

"兴"，是"感兴""情兴"。在中国古代文论中，它本指"触物起情"的"起"，后来演变为"触物起情"的"情"。"兴"即思致。唐人殷璠推崇的"兴象"、陈子昂推崇的"兴趣"。刘禹锡讲"兴在象外"，刘熙载讲"赋之为道，重象尤宜重兴。兴不称象，虽纷披繁密而生意索然"，其"兴"为"意"义明矣。正像贾岛《二南密旨》指出的那样："兴者，情也。"在这个意义上，产生了"兴致"一语。严羽《沧浪诗话·诗辨》："且其作多务使事，不问兴致。""兴致"即思致。"会"即"钟会""聚会""集中"。"兴会"，语义即"情兴所会也"，古人用它来指称思如泉涌的灵感现象，是再适合不过的。

因为灵感是构思中"思若有神""思与神合"的状态，因为灵感是飘忽不定，来去无踪，"神而不知其迹"，所以古人亦称之为"神思"（神妙之思）、"妙想"。关于灵感晋代的陆机早就提到了。他在《文赋》中描述道："若夫应感之会，通塞之纪，来不可遏，去不可止，藏若景灭，行犹响起……"但对于灵感的奥秘，他则陷入了不可知论："虽兹物（按：指灵感）之在我，非余力之所勠。故时抚空怀而自惋，吾未识夫开塞之所由。"从陆机以后到中唐，人们始终停留在对灵感现象的描述上，没能深入分析。如梁代萧子显《自序》云："每有制作，特寡思功，须其自来，不以力构。"唐代李德裕《文章论》云："文之为物，自然灵气，惚恍而来，不思而至……"这种情况直到中唐诗僧皎然手中才有所改变。皎然《诗式·取境》曰："……有时意静神王，佳句纵横，若不可遏，宛如神助。不然，盖由先积精思，因神王而得乎？"宋代，参禅悟道的风气为人们认识灵感奥秘提供了相似的心理经验，清代王夫之、袁守定等人则把"兴会"说进一步推向了更深层次。

灵感是在倏忽之间到来、展开的。这方面，古代有许多极为生动的表述。南齐袁嘏说："诗有生气，须捉著，不尔便飞去。"宋代苏轼说："作诗火急追亡逋，清景一失后难摹。"清代徐增说："好诗须在一刹那上揽取，迟则失之。"王夫之说灵感："才著手便煞，一放手又飘忽去。"张问陶说："……奇句忽来魂魄动，真如天上落将军。"王士禛说："当其触物兴怀，情来神会，机括跃如，如兔起鹘落，稍纵即逝矣。"如此等等，不一一列举。

灵感不是作者苦心思考的结果。恰恰相反，苦心思考往往会距离灵感的到来更远。如元代方回说："竟日思诗，思之以思，或无所得。"因而，灵感的诞生是不自觉的、无意识的。沈约说谢灵运："至于高言妙句，音韵天成，皆暗与理合，匪由思至。"萧子显《自序》："每有制作，特寡思功。"李德裕说："文之为物，恍惚而来，不思而至。"宋代戴复古说："诗本无形在窈冥，网罗天地运吟情。有时忽得惊人句，费尽心机做不成。"方回说："佳句惊人，不以思得之也。"都是对灵感的无意识性的说明。灵感就是这样一种"率意而寡忧"的构思活动。因此，灵感是不受意识控制、支配的。

灵感的到来是自然而然的过程，不是人力所能勉强。萧子显讲"每有制作，须其自来，不以力构"。李德裕讲"文之为物，自然灵气"。唐人云"几处觅不得，有时还自来"。清吴雷发说"作诗固宜搜索枯肠，然着不得勉强。故有意作诗，不若诗来寻我，方觉下笔有神"。王士禛讲"拟者千百家，终不能追踪者，由于著力也。一著力便失自然，此诗之不可强作也"。这些都论述了灵感的自然性、非人力性。灵感的这种自然性，古人又叫作"天成""天机自动"，所谓"天机启则律吕自调"。"古人于诗不苟作，不多作。而或一诗之出，必极天下之至精，状理则理趣浑然，状事则事情昭然，状物则物态宛然，有穷智极力之所不能到者，犹造化自然之声也。盖天机自动，天籁自鸣，鼓以雷霆，豫顺以动，发自中节，声自成文，此诗之至也"。着眼于"兴会"的自然性，古人要求作者"兴来即录""乘兴便作""兴无休歇""似烦即止"。

所谓"客观性"，指灵感必有待于某种外物的刺激才能产生。如张旭学草书，"见担夫与公主争道及公孙大娘舞剑而后顿悟笔法"，如果没有"担夫与公主争道"及"公孙大娘舞剑"的触发，"顿悟笔法"的灵感也不会产生。因此，古人反对闭门造车，一心内求，主张"兴于自然，感激而成"，指出"诗不可凿空强作，待境而生自工""作文兴若不来，即须看随身卷子，以发兴也"。

第三节　中国古代文学的创作方法论

一、活法说

"活法"的概念是南宋吕本中首先提出来的。他说:"学诗当识'活法'。所谓'活法'者,规矩备具,而能出于规矩之外;变化不测,而亦不背于规矩。是道也,盖有定法而无定法,无定法而有定法。知是者,则可以与语'活法'矣。"吕氏所论,本针对诗歌创作而言,南宋的俞成发现它具有普遍的方法论意义,便把它引入整个文学创作领域:"文章一技,要自有'活法若胶古人之陈迹,而不能点化其句语,此乃谓之死法。死法专祖蹈袭,则不能生于吾言之外。活法夺胎换骨,则不能毙于吾言之内。毙吾言者故为死法,生吾言者故为活法。""活法"提出后,在宋、元、明、清文论界引起了广泛的反响。张孝祥、杨万里、严羽、姜夔、魏庆之、王若虚、郝经、方回、苏伯衡、李东阳、唐顺之、屠隆、陆时雍、李腾芳、邵长衡、叶燮、王士禛、沈德潜、翁方纲、章学诚、姚鼐、袁守定等人,或径以"活法"要求于文学创作,或通过对"死法"的批评从反面肯定"活法"的地位。他们从不同角度、不同层面丰富了"活法"理论,为我们全面理解"活法"的内涵提供了充分的依据。

那么,"活法"究竟是什么方法呢?

"活"即"灵活""圆活""活脱",作为呆板、拘滞、因袭的对立面,其实质即流动、变化创造。"活法"简单地说即变化多端、"不主故常"的创作方法。清代的邵长蘅指出:"文之法:有不变者,有至变者。"姚鼐指出:"古人文有一定之法,有无定之法。无定者,所以为纵横变化也。"邵氏讲的"至变"之法,姚氏讲的所以为"纵横变化"之法,指的就是"活法"。

"活法"作为灵活万变之法,在不同的创作环节上有着不同的表现形态。在创作过程的起始,"活法"要求"当机煞活",切忌"预设法式",反对创作之先就有"一成之法"横亘胸中,主张文思触发的随机性。魏庆之《诗人玉屑》卷六载:"仆尝请益曰:下字之法当如何?公曰:正如弈棋,三百六十路都有好着,顾临时如何耳。"何以如此呢?因为"诗人之工,特在一时情味,固不可预设法式"。如谢灵运的名句:"池塘生春草,园柳变鸣禽。""此语之工,正在无所用意,猝然与景相遇,借以成章"。

那么,引发文思的"机缘"是什么呢?就是气象万千、瞬息万变的大自然。以"活法"作诗著称的杨万里在《荆溪集序》中曾这样自述创作体会:"登古城,采撷杞菊,攀翻花竹,万象毕来献予诗材,盖麾之不去,前者未雠,而后者已迫,涣然未觉作诗之难也。"大自然是"体有万殊,物无一量"的,因而文思的触发也就光景常新、变化无常了,故"当机煞活"联系到"机"的内涵来说即"随物应机"。

这种"随物应机"的方法直接从现实中汲取文思,给审美意象带来极大的鲜活性。这种文思触发的随机性,也给艺术创作带来了"莺飞鱼跃""飞动驰掷"的流动美。古人形容这种美,往往以流转的"弹丸"为喻。

在艺术表现的过程中,"活法"要求"随物赋形""因情立格"。这种方法,用今天的话说即给内容赋予合适的形式的方法,而内容有内外主客之分,相对于外物而言,"活法"表现为"随物赋形"(苏轼)。用清代叶燮的话说,就叫"准的自然"之法、"当乎理(事理)、确乎事、酌乎情(情状)"之法。

相对于主体而言,"活法"表现为"因情立格"(徐祯卿)。由于"向心"文化的作用和表现主义文学观念的渗透,"活法"更多地被描述为"因情立格"、表现主体之法。如吕本中《夏均父集序》解说"活法",其特征之一是"惟意所出";王若虚认为文之大法即"词达理顺";章学诚指出"活法"即"心意营造"之法。他们都论述到"法"与主体的连带关系,从另一侧面揭示了"活法"的心灵表现特色。

"活法"根据特定内容赋予相应的形式,因而是"自然之法"(叶燮)。对此,古人曾屡屡论及。如沈德潜《说诗晬语》说,所谓"法"者,"行所不得不行,止所不得不止,而起伏照应,承接转换,自神明变化于其中",从内容对形式的决定性方面论证了"活法"的内在必然性。而不从内容表现需要,仅从内容表达需要的外部寻找一种所谓美的模式加以恪守,则是不"自然"的,无必然性的。正如陆时雍《诗镜总论》说的那样:"水流自行,云生自行,更有何法可设?"

既然"活法"主要表现为"因情立格"之法,那么,"情无定位",法随情变,艺术创作自然不能被"一成之法"束缚。这里有两个要点:一是"情无定位"说,它揭示了"活法"所以为变化无方之法的动力根源。明代徐祯卿在《谈艺录》中提出:"夫情既异其形,故辞当因其势。譬如写物绘色,倩盼各以其状,随规逐矩,圆方巧获其则。此乃因情立格,持守圜环之大略也。"二是法随情变。既然"情无定位",所以法无定方,文学创作没有一成不变的法式可循。"活法"所以强调"不主故常",否定"文有定法",以此,王若虚《文辨》说:"夫文岂有定法哉?意所至则为之题,意适然殊无害也。"又在《滹南诗话》中指出:"古之诗人,虽趣尚不同,体制不一,要皆出于自得。

至于词达理顺,皆足以名家,何尝有以句法绳人哉?"章学诚《文史通义·文理》说:"文章变化,非一成之法所能限。"又在《文格举隅序》中指出:"古人文无定格,意之所至而文以至焉,盖有所以为文者也。文而有格,学者不知所以为文而竟趋于格,于是以格为当然之具而真文丧矣。"

在艺术表现的终端上,"活法"追求"姿态横生,不窘一律"。既然艺术表现是"随物赋形""因情立格",其结果自然是"姿态横生""了无定文""莫有常态"。因而在作品面目上,"活法"最忌讳千篇一律,雷同他人,而崇尚"自立其法",强调"法当立诸己,不当尼(泥)诸人"。

衡量"自立其法"的一个重要标准是法在文成之前还是之后。"法在文成之前,以理从辞,以辞从文,以文从法,一资于人而无我,是以愈工而愈不工""法在文成之后,辞由理出,文自辞生,法以文著""不期于工而自工,无意于法而皆自为法"。所以古人强调"文成法立"。张融《门律自序》云:"夫文岂有常体,但以有体为常。"根据"自得"之意赋予三种意义均表现方法、形态、格式,就是合理的、美的。意象各别,姿态万千,美的表现方法、形态、格式就多种多样,它存在于"因情立格"、创作告成后的各种特定作品中,没有超越特定内容、离开具体作品可以到处套用的美的"常体";只有根据"自得"之意写出的作品之法式才属于自己,才是"自立之法"。

除此之外,"活法"还表现为"圆活生动"、变通无碍之法。这主要是在"活法"与具体的创作手段、方法、技巧的关系中显示出来的。这里要交代一点,古人讲"文有大法无定法","定法"若指一成不变的美的创作方法、模式,那是没有的;但如果指"可以授受的规矩方圆",指文学创作基本的技巧、具体的手段,它还是存在的,所以古人在肯定文有"无定之法"的同时又肯定文有"一定之法"。那么,"活法"这个"文之大法"与之有什么关系呢?

首先,它表现为从"有法"到"无法"、既不为法所囿又不背于法的"自由之法"。这一点,"活法"说的始作俑者吕本中说得很清楚:"所谓'活法'者,规矩备具,而能出于规矩之外,变化不测,而亦不背于规矩也。是道也,盖有定法而无定法,无定法而有定法。"这是一种领悟了"必然"的"自由",一种"无规律的合规律性",以古人之言名之即"从心所欲不逾矩"。它表明,"活法"排斥"定法",只不过是为了提醒人们不要用僵死的观点对待"法","泥定此处应如何,彼处应如何",帮助人们破除对"法"的精神迷执,所谓"法既活而不可执也,又焉得泥于法",对于具体的手段、基本的技巧,它并不排斥,恰恰相反,"活法"主张长期地学习、充分地掌握,并把这作为达到超越、走向自由的关键,正像韩驹《赠赵伯鱼》诗形容的那样:"一朝悟罢正法眼,信手拈出皆成章。"

其次,"活法"作为一种注重变化、流动的思维方法,它用因物制宜的态度对待事物,从而使它在驾驭各种具体的方法手段时变得圆融无碍。如"起承转合,不为无法",但依"活法"之见,"不可泥""泥于法而为之,则撑柱对待,四方八角,无圆活生动之意"。又如"字法""有虚实、深浅、显晦、清浊、轻重"等,但"第一要活,不要死。活则虚能为实、浅能为深、晦能为显、浊能为清、轻能为重。屠隆指出:"诗道有法,昔人贵在妙悟。""妙悟"之后就活脱无碍、左右逢源了,所谓"新不欲杜撰,旧不欲抄袭,实不欲粘滞,虚不欲空疏,浓不欲脂粉,淡不欲干枯,深不欲艰涩,浅不欲率易,奇不欲谪怪,平不欲凡陋,沈不欲黯惨,响不欲叫啸,华不欲轻艳,质不欲俚野"。

由于"活法"是"随物应机""当机煞活""因情立格""随物赋形""姿态横生、不窘一律""圆活生动"、变通无碍的创作方法，换句话说，由于"活法"是根据个别的独得意象因宜适变地状物达意的方法，所以它充满了蓬勃的生机和旺盛的创造力，能给人类文化的长卷带来属于作者所有的美的作品和法式，从而与毫无生机的蹈袭模仿形成了鲜明对比。俞成说"专祖蹈袭"的"死法""不能生于吾言之外"，是"毙吾言者"，只有"夺胎换骨"的"活法"才不会"毙于吾言之内"，是"生吾言者"。因此，"活法"是创新之法，而不是蹈袭之法、拟古之法。

以上，我们围绕"活"字，从诸环节、角度考察了"活法"的具体内涵。此外，"活法"还有两大特点。

一，由于"活法"没有示人以具体可循的创作方法门径，因而是"无法之法""虚名之法"。"虚名"，虚有"法"之名也。

二，由于"活法"是驾驭各种"定法"的主宰，因而是"万法总归一法"的"一法"，是"执一驭万"之法。

二、定法说

关于文学创作的方法，古代文论既论述到"活法"，又论述到"定法"。所谓"活法"，即辞以达意、"随物赋形""因情立格""神明变化"之法。这种"法"只示人以文学创作的大法，并无一成之法可以死守，所以叫"活法"。它徒有"法"之名而无"法"之实，故叶燮《原诗·内篇下》云，"法者，虚名也，非所论于有也""活法为虚名，虚名不可以为有"。所谓"定法"，是状物达意时具体的技法，它可以传授和学习，所以叫"定法"。"定法"积淀了文学创作成功的审美经验，为进入文学堂奥之门径，不可或缺。叶燮《原诗·内篇下》云，"又法者，定位也，非所论于无也""定位不可以为无"，即是指此。章学诚《文史通义·文理》指出："学文之事，可授受者规矩方圆，不可授受者心营意造。"这"可授受"的"规矩方圆"就是"定法"，"不可授受"的"心意营造"即"活法"。尽管"立言之要，在于有物"，作为"言有物"的"活法"更为重要，但作为"言有序"的"定法"亦不可偏废。姚鼐《与张阮林》指出："文有一定之法，有无定之法。有定者，所以为严整也；无定者，所以为纵横变化也。二者相济而不相妨。"

"活法"本身虽然由内决定灵活万变，不同于"定法"，但在状物叙事、表情达意时又不得不借助在创作实践中积累起来的一定的章法、句法、字法。这样，"活法"实际上离不开"定法"，并包含"定法"。而一定的章法、句法、字法如果离开了"当乎理、确乎事、酌乎情"的"活法"，就会沦为令人不齿的"死法"。方回《景疏庵记》将这种"死法"喻为毫无生机的"枯桩"。沈德潜《说诗晬语》指出："所谓法者，若泥定此处应如何，彼处应如何，不以意运法，转以意从法，则死法矣。试看天地间水流云在，月到风来，何处著得死法？"

由此看来，在古代文学创作方法理论中，"定法"是与"活法"并行不悖、相辅相成的，并为"活法"所统辖，为"神明变化"所服务的。这便决定了"定法"区别于"死法"的最终分野。不同于"活法"又不离"活法"，有一定之法可以恪守而又不落入死守成法的僵化窠臼，这就是"定法"的基本内涵。

先秦时期，文章道德不分，立言从属于立德，文学创作无"定法"可循，《论语·卫灵公》中孔子的一句"辞达而已"，揭示了这一时期文学创作的根本大法，亦为后世"活法"说所本。汉代，令人赏心悦目的诗赋逐渐从广义的文学中脱颖而出，以其美丽的风姿引起了理论家的关注。扬雄《法言》中揭示的"诗人之赋丽以则，辞人之赋丽以淫"，标志着汉人对诗赋"丽"的形式美特征的最初自觉。魏晋六朝时期，美文学的创作取得空前发展，文论家们在"诗赋欲丽""绮靡浏亮""绮裁纷披""宫徵靡曼"等文学自身形式规律的审美自觉的指导下，对文学创作的具体技法作出了丰富、深入的理论总结，标志着"定法"论的正式登场。尤其值得注意的是刘勰的巨著《文心雕龙》。这部"体大思精"的文学理论专著在《总术》《附会》《熔裁》《章句》《丽辞》《声律》《练字》《比兴》《事类》《夸饰》《隐秀》《指瑕》等篇目中论述、概括了谋篇布局、遣字造句的一系列审美规则，实开后世"篇法""句法""字法"理论的先河。

唐代是一个律诗辉煌的时代。诗人们既不忘风雅的道德承当，也以前所未有的热情打造诗律之美。"为人性僻耽佳句，语不惊人死不休。"（杜甫）"吟安一个字，撚断数茎须。"（卢延让）"二句三年得，一吟双泪流。"（贾岛）与此相应，唐代涌现了许多探讨诗律的诗论著作。如元兢的《诗髓脑》、崔融的《唐朝新定诗格》、齐己的《风骚旨格》等。宋代，佛教禅宗话头的影响，使得谈"文法""诗法"的用语多起来，"定法"作为与"活法"相对的术语诞生。人们不只抽象地谈论"定法"，而且具体地落实到"章法""句法""字法"层面。尤其是江西诗派，"开口便说句法"，不仅掀起了一股"活法"热，也掀起了一股"定法"热。明代是一个拟古的时代。在前后七子"诗必盛唐，文必秦汉"口号的倡导下，宋人提出的诗文"章法""句法""字法"问题得到进一步探讨和强调，如王世贞《艺苑卮言》卷一指出："首尾开合，繁简奇正，各极其度，篇法也。抑扬顿挫，长短节奏，各极其致，句法也。点缀关键，金石绮彩，各极其造，字法也。""篇法，有起，有束，有放，有敛，有唤，有应。大抵一开则一阖，一扬则一抑，一象则一意，无偏用者。句法，有直下者，有倒插者；篇法之妙，有不见句法者，句法之妙，有不见字法者：此是法极无迹。"清代是一个善于综合、总结的集大成时期。叶燮、邵长蘅、徐增、王士禛、方苞、姚鼐、沈德潜、翁方纲、章学诚、包世臣、刘熙载、金圣叹、毛宗岗、脂砚斋等人对诗文小说的创作法则都发表过很有价值的意见，古代文论的"定法"说达到了空前丰富和深入的程度。

三、用事说

"用事"，又叫"用典"。刘勰说："事类者，盖文章之外，据事以类义，援古以证今者也。"（《文心雕龙·事类》）据此可知，用事（用典），是引用古事、古语含蓄地表达自己的思想感情、证明自己观点的正确性的一种修辞方法和论证方法。王勃倾吐"怀才不遇"的牢骚，却说"冯唐易老，李广难封"（《滕王阁序》），就含蓄多了。萧统提出自己的诗学观点，则说："诗者，盖志之所之也，情动于中而形于言。《关雎》《麟趾》，正始之道著；《桑间》《濮上》，亡国之音表。"（《文选序》）第一句和后面一联对偶的上半联引自《毛诗序》，下半联引自《礼记·乐记》，自己观点的正确性就不证自明了。

从典故的成分来看，有"事典"与"语典"之分。"冯唐易老，李广难封"，用的是事典。上面萧统说的那一段，用的是语典。刘勰《文心雕龙·事类》列举过"明理引乎成辞，征义举乎人事"两类情况，"引乎成辞"以"明理"就相当于用语典，"举乎人事"以"征义"则相当于用事典。

当用古代的人事隐喻自己的真情实感时，"用事"就与"比喻"的方法重合了。正如清代李重华《贞一斋诗说》指出："比，不但物理，凡引一古人，用一故事，俱是比。"比如"冯唐易老，李广难封"，既是"用事"，又是"比喻"。王勃是说自己像西汉的冯唐一样，人生易逝，他希望明主能趁着自己年轻任用自己，千万不能像西汉名将李广那样，战绩赫赫而终身不得封侯。

古人用语典，往往不指明出处，讲究剪裁融化。剪裁即裁取合乎自己句式需要的古语，融化即把裁取的古语加以改易，用以表达自己的意思。这时，用语典就与"点化"的方法重合了。杜甫云："春水船如天上坐，老年花似雾中看。"这里语出沈佺期诗："人如天上坐，鱼似镜中悬。"这既属于"用事"，也属于"点化"。"脱胎换骨""点铁成金"作为"援古证今"的论证方法，"用事"出现在散文中，尤其是论说文中乃势所必然；作为表情达意的含蓄方法、与"比喻""点化"相交叉的方法，"用事"出现在辞赋、骈文乃至诗歌中也很自然。

从文学史上看，先秦时期诗赋中用事并不多见，散文尤其是诸子散文中引用古言古事表述意见的倒不少见。《文心雕龙·事类》上溯到《周易》，它是这样描述的："昔文王繇《易》，剖判爻位。《既济》'九三'，远引高宗之伐；《明夷》'六五'，近书箕子之贞；斯略举人事，以征义者也。至若《胤征》羲和，陈《政典》之训；《盘庚》诰民，叙迟任之言；此全引成辞，以明理者也。"《周易》常常采用古代故事示人休咎，刘勰将用事的历史上推到《周易》，用心可谓良苦。汉代的散文出现了骈偶化倾向，奏疏策论也丰富完备起来，呈辞大赋也出现了，文章中用事比先秦更多。刘勰的描绘可见一斑："贾谊《鹏赋》，始用《鹖冠》之说；相如《上林》，撮引李斯之书；此万分之一会也。"

及扬雄《百宫箴》，颇酌于《诗》《书》，刘歆《遂初赋》，历叙于纪传，渐渐综采矣。至于崔（骃）、班（固）、张（衡）、蔡（邕），遂据拾经史，因书立功。"

魏晋南北朝时期，经过汉代的酝酿，骈体文到这时已正式形成并在创作上达到鼎盛期。骈文要求典雅、精练、含蓄、委婉，故用典成为其方法上的一大特点。用事作为与比喻相通的含蓄的表情达意的方法，本来就适合于诗，这时候经过在句式、语音、用词方面与诗很接近的骈文的浸淫渗透，便在诗歌创作（主要是五言诗）中蔓延开来。像颜延之、谢灵运，都是著名的代表。然而也就在同时，问题出现了。按照《尚书》《毛诗序》开辟的"言志述情"的诗学传统，诗歌只要表达了真情实感就可以成为好诗，而典故的运用常常造成读者的不理解，滞碍情志的传达，那么诗到底可不可以用事？再连带起来，文中用典也存在着读者是否理解的问文可否用事？梁代的钟嵘《诗品序》提出了一种意见，他认为诗不可用事，而文可以并且应当用事，所谓"若乃经国文符，应资博古；撰德驳奏，宜穷往烈"。什么原因呢？因为"文"与"诗"具有不同的使命。"诗"须"吟咏情性""文"却不必；"文"要"尽至扩经国"的使命，也应该从古言古事中找到根据，如果不理解，可去查类书。钟嵘的后一种意见，代表了古代批评家的普遍主张，他的前一种意见，则是他的一厢情愿。在他之后，文中用事作为一种共识而不再有批评家去争论，而诗中用事，一方面在唐有杜甫、韩愈、李商隐，在宋有苏轼、黄庭坚、陆游、辛弃疾，在明有"临川派"，在清有"宋诗派"为其代表，历代不乏其人；另一方面，每一个时代的批评家都卷入进来，对此说长道短，评头品足，厘定是非，臧否得失，从而构成了中国古代"用事"说的主体。

中国诗歌批评史上关于"用事"的四次大讨论，在不同的历史阶段由不同的创作实际所引起，然后按照正、反、合的顺序不断朝前推进（清代吸取前人经验，省去了"反"这个环节，直接从"正"走向"合"）。在"合"的环节，"用事"不同历史阶段"合"的用事论的重合、相通之处，它们有一些要点。

关于诗歌用事的态度，既不一味强调用事，也不简单排斥用事，而是主张诗歌要"善于用事""用得恰好"。

关于诗歌用事的方法，主要有："正用"，即"故事与题事正用者也"；"反用"，即"故事与题事反用者也"。如林逋诗："茂陵他日求遗稿，犹喜曾无封禅书。"这里反用了司马相如的故事。司马相如退职家居，临死前还写《封禅书》讨好汉武帝。林逋"反其意而用之"，表明如果皇帝他日来求遗稿，他自喜没有《封禅书》一类的作品讨好皇帝，以此表示他高洁的品格。"借用"，即"故事与题事绝不类，以一端相近而借用之者也"，亦叫"活用"（用事不泥）、"化用"。"暗用"，即"故事之语意，而不显其名迹"。古人讲"虽用经史，而离书生"，用事要如"水中著盐，不著形迹"，亦是此意。"泛用"，即"于正题中乃用稗官、小说、俗说、戏谈、异端、鄙事为证，非大笔力不敢用，变之又变也"，也就是融化经史子集以为语。从某种意义上说，人类使用的语言无不是建立在对前人语言的广采博收之上的，因而"泛用"实际上算不上"用典"。

上述诸法，不限于诗，文中用事亦然。

那么诗如何用事才算"恰好"呢？一切以不妨碍性情的传达接受为转移。

用事不可多（忌繁、忌堆积）。用事是为表达情意服务的，用事太多，则反客为主，我为事使，"使读者迷于使事用典之繁"，而转忘其"所欲譬喻之原意",且使事过繁,"多有难明"。

用事不可僻。用事过僻,就会在作品与读者之间设置一道隔膜,影响语言的明白晓畅,使作者"噤不能读"。如非用不可,则须"僻事实用""隐事明使",也就是要直接、详尽、明白地使用冷僻的典故。

那么用事可以太明白吗?也不可。因为太明白了,不能给读者留下回味想象的余地,所以必须"熟事虚用""明事隐使"。

诗用故实,以"水中著盐,不露痕迹"为高,因为它既然用得"有而若无",使读者浑然不觉,说明用事并未阻碍诗的传达接受。

诗歌用事,又尚"融化不涩",不"拘泥古事",那也是因为这是"我来使事而非""我为事使"的表现。

这些意见,包含若干的审美价值和现实意义,足见"用事"说这一古代文论遗产并未过时。

第五章　中国古代文学的批判思想与批判主题

第一节　两汉史学批评思想的由来

中国古代文学批评从来缺乏统一性文体，除了成熟期的诗话、词话、论诗、小说评点等批评文体之外，更多的文学批评是以书信、序跋、凡例、集注的样式出现。《中国历代文论选》两汉部分收录史书体共7篇，其中属于正文的有3篇：《史记·太史公自序》《史记·屈原传》《汉书·艺文志》；属于附录的有4篇：《汉书·礼乐志》《汉书·司马迁传赞》《汉书·扬雄传》《汉书·司马相如传》。这7篇是两汉文学批评的主要文献。两汉史书体的文学批评的产生和悠久的史官文化、先秦的史书传统和理论积淀、西汉初期文学的初步自觉与繁荣有关。

一、史官文化催生史书的批判属性

史书体的文学批评在两汉时期以一种独立的姿态出现，以史书的形式，负载了文学批评的内容，成为汉代文学批评的主要文体样式之一。按照刘勰"原始以表末"的方法，对史书体这种批评文体的考察，有必要从先秦史书及史官文化谈起。

中国文明社会初期，以文字为载体的意识形态，基本是一种各科融为一体的综合形态，它常以"史"的形式，包罗社会万象，是人们全部生活的缩影。这种"史"的形式，与后世史书存在巨大差别，但作为一种社会存在的反映，却几乎是我们了解先民活动的唯一途径，最初以文字为载体的意识形态大都属于史料形式，它产生的时代最早，可以说它是以文字为载体的精神物化产品的原始形态。先秦时期的文学批评寄生在以"六经"为代表的典籍中，而"六经"有着天然的史书性质。从早期的学术来看，以"六经"为代表的典籍是后人考察先秦社会状貌的重要凭据，确乎带有"史"的性质，徐复观先生认为："欲为中国学术探根溯源，应当说中国一切学问皆出于史。"因此可以说，文学批评首先以史书的形式出现，是当时文化环境下的一种必然选择。

被称为"文化学之父"的美国学者L.A.怀特在《文化的科学》中谈道："每个人都降生在一个先他而存在的文化环境之中，这一文化自其诞生之日起便支配着他，并随着他的成长和成熟过程，赋予他以语言、习俗、信仰和工具。"中国文化可以上溯到远古时期的巫史文化，从时间上看，文学作为子文化的一部分，应当受到当时巫史文化的影响。在那个充满着原始想象力的时代，"巫"与"史"是不分的，史官担负着占卜天运，记录社会活动的职责，《文心雕龙·史传》有云："轩辕之世，史有仓颉，主文之职，其来久矣。"《曲礼》曰："史载笔。史者，使也；执笔左右，使之记也。古者左史记事者，右史记言者。"其中"文"按刘勰的理解，应为学术之意。"史者，使也"，可见早在传说中的三皇五帝时期，史官就是当时天子近臣，其活动代表的是官方的意志，扮演着日常政治生活的重要角色；另一方面，史官"主文之职"的地位说明了史官是当时文化的垄断者，是文化传播与发展的决定力量。

中国古代文化的传承者是史官,"中国之史官,则直接或间接与学术记录等有关系者。史官也者,几乎可以视为学术之远源。史官之职,以古代文字之教育未能普及,非人人所得而司之。因之其官亦为世守之官"。王国维在《观堂集林·释史》一文中也说:"史为掌书之官,自古为要职。殷商以前其官之尊卑虽不可知,然大小官名及职事之名多由史出,则史之位尊地要可知矣。"在考察中国政治制度发生的过程中,王国维得出了这一结论。如果从文化传承的角度来看,中国文化得以传播也与史官有着密切的联系。《礼记·玉藻》曰:"动则左史书之,言则右史书之。"《汉书·艺文志》:"古之王者,世有史官,君举必书,所以慎言行,昭法式也。左史记言,右史记事,事为《春秋》言为《尚书》,帝王靡不同之。"通过记言记事,史官成了文化解释的权威。

史书体文学批评出现有赖于先秦以来中国史官文化的发达和史书在此期一枝独秀的地位,这种史学发展的优势地位促成了史书体批评的文体意识。所谓文体意识,即一个人在长期的文化熏陶中形成的对文体特征的或明确或朦胧的把握。作家的文体意识的产生首先要从他所处的文化关系中加以考察,正是在这种文化氛围和文体意识的支配下,文学批评的主体对史书的这一批评形式具有优先选择的权利,为文学批评的破土而出提供了先天渠道。史书体的批评文体经历了先秦的寄生状态之后逐渐显得独立和清晰起来。

二、早期史书的评判特点为史书批判开辟了道路

在文化发展的早期,文学批评滞后于创作,批评意识的不自觉必然导致批评文体的非独立性。批评者不可能一开始就会创造出一种全新的批评文体,批评必然是在大文学大文体意识的支配下进行的,这种大文体意识指导

着批评选择现有的主流文学批评样式来进行实践活动。中国社会历史及文化发展的早期——先秦时期的文学批评很明显地存在这种情况。先秦的文学批评一开始也没有独立的批评文体，相当部分还只能以"寄生体"的形式存在于各种先秦典籍中，原因在于此时还缺乏真正意义上的文学批评的主体、文学批评的客体和文学批评的文本。先秦时期严格说来真正可以被后世称得上文学作品的只有《诗经》，可是从孔子与诸生论诗的言论中可以看出，孔门师生是把《诗经》当作一部放之四海而皆准的百科全书式的教材，所谓的诗论无不通过言此意彼的表意跨度和隐喻为手段，映照出某些道德、真理、工具方面的价值，其功利的意图十分明显。再者，从文学批评文本上看，此时的文学批评又几乎全部以哲学著作的形式呈现，它们的作者各为儒道墨法的创始人，因而可以说，构成文学批评的要素在此期尚不具备，还没有真正意义上的文学批评，也就没有真正意义上的批评文体。尽管如此，文学批评还是零散地存在于文化典籍当中，其中就包含着历史典籍，如：

帝曰："夔！命女典乐，教胄子：直而温，宽而栗，刚而无虐，简而无傲。诗言志，歌咏言，声依咏，律和声，八音克谐，无相夺伦，神人以和。"夔曰："於！予击石拊石，百兽率舞。"（《尧典》）

王曰："呜呼！父师，今予祗命公以周公之事，往哉！旌别淑慝，表厥宅里，彰善瘅恶，树之风声。弗率训典，殊厥井疆，俾克畏慕。申画郊圻，慎固封守，以康四海。政贵有恒，辞尚体要，不惟好异。商俗靡靡，利口惟贤，余风未殄，公其念哉！"（《周书·毕命》）

可以看出，《尧典》和《毕命》中提出的"诗言志"和"辞尚体要"等文学观念，很大程度上还没有摆脱功利的性质，主要是从实用上着眼的。"诗言志"

和"辞尚体要"这些训诂式的命题语言上极度精练简省,在近乎判断式的语气中却构成一个完整的主谓宾结构,仿佛一篇文章的标题,给后人留下了无尽的诠释空间。

可见,在人类思维意识还不十分敏锐和缜密的时期,已经有了先民们对文学的朦胧意识,尽管带有朴素的性质,却深刻地影响着后世文论。

到了《左传》《国语》中,文学批评的方式逐渐丰富起来,如:

秦伯任好卒。以子车氏之三子奄息、仲行、鍼虎为殉。皆秦之良也。

国人哀之,为之赋《黄鸟》。君子曰:"秦穆之不为盟主也,宜哉。死而弃民。先王违世,犹诒之法,而况夺之善人乎!《诗》曰:'人之云亡,邦国殄瘁。'无善人之谓。若之何夺之?"古之王者知命之不长,是以并建圣哲,树之风声,分之采物,著之话言,为之律度,陈之艺极,引之表仪……(《左传·文公六年》)

与《尚书》相比,《左传》《国语》中的文学批评除继续沿用着尚书中的对话体的记言形式外,有两点值得注意:一是在批评中已经出现了史家的身影,即"君子曰"的形式,它表明了文学批评主体意识在逐渐觉醒,这种史家个人意识介入的评判为后来两汉史书中文学批评品格的提升提供了可能,在文学批评主体有意识的参与下,文学批评才成为真正意义上的批评;二是由于《诗经》文本的广泛流传,称诗引诗的风气影响到了先秦史书,史书中对《诗经》的处理多以"断章"的形式,对含义、意蕴近似的事物随心所欲地加以表达,而不追究诗之本义。《左传》《国语》中大量的"《诗》云""《诗》曰"式的引用,借《诗》来发挥,这表面上看是外交辞令的需要,来达到显示其文采和雅致的目的,客观上导致的结果是引《诗》的风气经过演化,而形成了独特的话语方式,而这种由先秦史书中引《诗》开始的引经据典的习惯,逐渐成为中国文论言说的基本模式之一。《左传》《国语》中称引《诗》的方法可以认为就是后世文论引经据典之滥觞,两汉的《史记》《汉书》中的文学批评自然也因袭了这一传统。又如:

吴公子札来聘,请观于周乐。使工为之歌《周南》《召南》,曰:"美哉!始基之矣,犹未也,然勤而不怨矣!"为之歌《邶》《鄘》《卫》,曰:"美哉,渊乎!忧而不困者也;吾闻卫康叔、武公之德如是,是其《卫风》乎?"为之歌《王》,曰:"美哉!思而不惧,其周之东乎?"为之歌《郑》,曰:"美哉!其细已甚,民弗堪也。是其先亡乎?"(《左传·襄公二十九年》)

先秦史书中论《诗》,大多从政治道德或善的角度出发,与其说论诗,不如说在通过议民风之异同、考王政之得失来讨论社会道德及价值观念问题,这一文学批评模式也为两汉史书所继承。在《史记》《汉书》里,文学批评的重点几乎都要归结到文艺与政教和道德的关系方面。从表述方式上看,上述引文借吴公子季札之口表达了对《诗》的总体评价,涉及多种美学观念,如文艺的功用问题、文艺与政教的关系、文艺是社会的反映等,比起《尚书》中命题式的只言片语的记录,是一大进步。再如:

阳处父如卫,反,过宁,舍于逆旅宁嬴氏。嬴谓其妻曰:"吾求君子久矣,今乃得之。"举而从之,阳子道与之语,及山而还。其妻曰:"子得所求而不从之,何其怀也!"曰:"吾见其貌而欲之,闻其言而恶之。夫貌,情之华也;言,貌之机也。身为情,成于中。言,身之文也。言文而发之,合而后行,离则有衅。今阳子之貌济,其言匮,非其实也。若中不济,而外强之,其卒将复,中以外易矣。若内外类,而言反之,渎其信也。夫言以昭信,奉之如机，历时而发之，胡可渎也！今阳子之情矣，以济盖也，且刚而主能，不本而犯，怨之所聚也。吾惧未获其利而及其难，是故去之。"期年，乃有贾季之难，阳子死之。(《国语·晋语》卷十一）

这段记述提出了"情"与其外部表现相和相离的问题，涉及"情"的话语表述，运用了比喻的手法，其论说方式趋于多样，已经能够完整地阐述一个理论问题了。

总而言之，先秦史书中的文学批评是中国文学批评的源头，尽管它与《老子》《庄子》《孟子》《论语》等先秦文化典籍在文学批评论说方式上存在重合之处，自身还缺乏有效的可辨识的文体特征，但是以"史"的形式开创的文论言说传统却影响着后世几千年，它为包括两汉史书体在内的批评文体提供了无尽的理论资源、话语习惯、论说模式。我们可以看到，在两汉史书中，很多文学理论表述或者就是先秦史书中某些观点的具体展开，或者就是某种印证，比如对文学的批评必定和社会政治道德方面联系起来，充满人文关怀的色彩，这不能不说是史书所固有的体裁与功能所决定的。先秦史书中的文学批评为两汉史书体的批评文体的产生在体制上提供了借鉴。

三、文学批评与文学的自觉

延至两汉，中国早期学术根深蒂固的"史学化"的传统习惯性地延伸到了两汉的文学批评当中，使得后世的司马迁、班固以史书的形式去记录文学，史书体的文学批评文体才逐渐清晰和独立起来。但是，严格意义上的史书体的文学批评文体的产生，还有赖于文学观念的自觉，正是汉代文学繁荣的盛况和文学观念的自觉使得文学作为一种特有的现象被汉代史家们觉察到，因而能够在史书中比较集中和有意识地去谈论它，才有了完全意义上的批评文体。

在提到中国文学由不自觉到自觉的时候，大部分学者会不约而同地把这个分水岭定位在魏晋时期，主要依据是鲁迅先生的《魏晋风度及文章与药及酒之关系》："他（指曹丕）说诗赋不必寓于教训，反对当时那些寓训勉于诗赋的见解，用近代的文学眼光看来，曹丕的一个时代可以说是'文学'自觉的时代，或如近代所说是为艺术而艺术的一派。"鲁迅先生的这种说法学界现今颇多争议，这里且不作理论，实际考察文学发展的面貌，倒是文学观念的自觉始于汉代可能更符合实际。

在汉代，文学的自觉首先表现为作家观念的自觉，作家观念的自觉又主要表现在两汉史书中，辞赋家以文章名世，开始成为史书中的独立传主。在《史记》中，司马迁开始为战国时期和汉代的辞赋家单独立传，在《屈原贾生列传》中记载了屈原和贾谊这两位文学家的生平事迹，主要篇幅放在介绍他们作品产生的背景和心理基础。传记还开了传中登载著录其作品的先例。

第二节 元曲的批评体分析

一、元曲批评文体出现的文化背景

从文学批评发展史的角度看，文学批评和文学创作往往是不同步发展的，这已经是一个普遍的现象，而尤以元杂剧的批评明显为胜。这主要源于当时的社会文化环境的影响，表现在以下几个方面。

（一）文化的矛盾对元杂剧批评的影响

建立元朝之初，皇室入主中原大地后，自身的草原文化、制度与中原汉民族的文化产生了巨大的矛盾。一方面大量的文人知识分子被杀戮或者沦为奴隶，同时科举制度被废除，文人赖以晋升的道路被堵死，而且元代贵族实行了极其严格的政策，汉人知识分子只能够做低等的官吏，难以进入政治核心。汉民族的精英们一时间找不到自己的文化定位，甚至生存都成了问题。虽然也有一些民间的文学批评，但是主流或者能够流传后世的主要还是文人的批评。很难想象物质生活都无法保证的文人士子们还有心情来关注文学作品，进而进行文学批评。元杂剧的批评就是如此，在大量的文人的传统晋升道路——科举入仕被阻挡以后，有少部分文人沉沦，沦落为书会才人，除了进行杂剧的创作，还进行杂剧的批评，如关汉卿等；另一方面，在元代的初期，有一些前朝高层文人得到皇室的起用，成为他们向汉文化转化、施加恩惠的象征，比如胡祗遹等。由于元代文学的代表是元杂剧，所以他们不可能不关注元杂剧，并进行杂剧的批评。这对当时的元杂剧批评产生了极大的影响：首先使得当时的批评者分化为高层文人和底层才人对立的两大类，前者思想较为正统，从伦理道德、思想性角度切入批评，但难以把握元杂剧的本质，无异于隔靴搔痒，就是从批评的文体来看，采用的也是非常传统的序文体，如胡祗遹、杨维桢；后者比如关汉卿等，借助散曲、杂剧作品零星地表现一些对元杂剧的看法。因为没有固定的文化地位，加以过于形而下的生活影响，其评论具体随意、点到为止，且感性多于理性，意义多在于资料的实录。

（二）城市经济繁荣对于批评的影响

元代城市的商业和手工业得到迅速发展：北方的大都，南方的杭州、苏州、扬州、温州等许多城市成为世界性的工商业大都市。人口和财富都相对集中于市镇，客观上促进了表演艺术的迅速发展。其中，做过北方经济、文化中心的大都，和做过南方经济文化中心的杭州，依旧是元代商业和文化的重镇。这些城市交通发达，商业往来极为频繁，货物琳琅满目。意大利旅行家马可·波罗在他的游记中记载，"用马车和驮车载运生丝到北京城的，每日不下一千辆"。而在杭州城里，除了有不计其数的商店外，还有四万到五万人来赶集。这些人中有以经商为职业的商人，也有大臣或者王室派出的奴仆、管事，以及寺院、道观的僧侣、道人等。

商业经济的繁荣对元杂剧的批评造成了两种影响。第一个是直接催生了元杂剧，为本时期提供了最直接的批评对象。因为来往于城镇之间的巨商大贾和游客王臣们的声色需要，成为刺激戏曲艺术的因素。这一点可从众多的反映商人、妓女和士子们爱情故事的剧目中看出。可以说，当时元杂剧得以生存的最重要的经济来源就是这些出手大方者的钱包。第二个就是商业的发达催生了妓女行业，为元杂剧批评提供了批评对象。夏庭芝《青楼集》就以记载这些风尘女子为主。同时她们也是当时不可或缺的批评者，虽发言甚少，篇幅零星，但因为躬自粉墨，所言颇中肯，切入角度独特，是本时期批评中的重要组成部分。

（三）元杂剧演出的鼎盛、创作和重心的南移对于批评的影响

元杂剧演出的鼎盛为杂剧批评提供了丰富的批评对象。元杂剧演出的鼎

盛时期吸引了各种各样的戏曲批评者参与进来，如大量的高层文人和贵族官僚关注元杂剧，从而进行杂剧的批评。这些人有较高的文学艺术修养和优裕的生活条件，所以他们的评价更为单纯、深入，加以地位高，影响就更大，如胡祗遹等。元杂剧演出的鼎盛还吸引了大量的"书会才人"加入进来，如关汉卿、马致远等人，在他们的散曲作品和杂剧作品中可以看到对于元杂剧的批评意见。

随着元杂剧通过演出由北向南的传播，逐渐吸引了南方中下层文人的关注。

南方文人依靠原本较为富足的文学基础和深厚的人文积淀，对元杂剧展开了更为单纯和深入的批评，由于中国的经济中心从唐代开始已经逐步往南方转移，到宋代已经基本完成，虽然有战乱的影响，但是南方经济恢复得很快。在元代，经济的中心仍然是南方。南方文人因为天然的优越经济，往往能够远离官本位文化，保持人生的相对自由状态，对文学艺术具有更为单纯的兴趣，在批评中也就更为专注于元杂剧艺术本身的价值，较少地站在外在的功利的角度评价。也只有在这个前提下，元杂剧作品本身、演员、作家等正式成为批评的对象才成为可能，摆脱了功利性批评。如夏庭芝的《青楼集》主要就是记录下优伶的演艺技艺以及对演员自身素质的要求。

元代后期，即1330年后，元杂剧度过了其繁荣期，发展势头开始趋缓。这种相对趋缓其实在杭州成为南方的杂剧中心时就开始了。此时北方的杂剧作家群基本消解，原本有些气象的南方作家群多为"声名籍籍乎当今者"，或在官场里淘金，或是成为"地下修文郎矣"。在南方成长起来的新一代创作者在创作上丧失了规范，其成就难以和前期相比。这种相对冷清的局面让理论家们获得了审视元杂剧必需的距离，有了前后对比的观照，他们能够在前数十年的艺术积淀的基础上开拓出新的局面，元杂剧批评从此进入一个新的"发展期"。

在元代的中后期，南方发生了连绵不断的战乱，生灵涂炭。学者、文人也是如此。他们在生命不保、生活动荡之时就产生了"不平则鸣"的心态，并以元杂剧批评作为自己人生价值实现的方式。这一心态成为本时期元杂剧批评的强劲动力，导致了批评的繁荣，并使得批评更为深入和真诚。

当然，元杂剧批评出现的原因既有当时的社会环境、文化氛围等外在原因，也有文学批评史发展的内在原因。我们关注元人的杂剧批评，一个不容忽视的现象就是批评的形态采用的（当然是主要的）为序跋体和目录体。而一种文体缘何在一种文学批评中被屡屡使用，这就有必要引起我们的重视和研究了。

二、元曲批评文体的特征分析

（一）序文体的特征分析

许慎《说文解字》说："序，东西墙也。从广予声。"段玉裁注曰："《释宫》曰：东西墙谓之序。按堂上以东西墙为介。《礼经》谓阶上序端之南曰序南，谓正堂近序之处曰东序、西序。又复部曰：次弟谓之叙。经传多假序为叙。《周礼》《仪礼》序字注多释为次弟是也。又《周颂》：继序思不忘。传曰：序，绪也。此谓序为绪之假借字。"由《说文解字》和《尔雅·释宫》中对"序"的解释，我们可以确定序的本义是"东西墙"。为什么要把"东西墙"赋予一个专有名词称为"序"呢？段氏的解释是比较合理的："堂上以东西墙为介。"也就是说，堂上的方位是以东西墙为基本标准点的。再以这一标准点来指明堂上的各处方位，即《礼经》中所说的"序端""序南""东序""西序"等。应当说，这是一个专门的连用性指涉，而在实际的行文应用中仅仅拿出这一标准点，即单独使用"序"字，其意义是不大的。由此，"序"字在单独使用时便容易脱去其本义而成为其他字的假借字，再加上音同的关系，"叙"与"绪"就成为经常被假借的对象。"经传多假序为。《周礼》《仪礼》序字注多释为次弟是也。"《说文解字》："叙，次弟也。"可见，经传中多借"序"为"叙"并取用叙的本义，即次弟。由于有了这一层联系，"次序"联用也就不足为怪了。《诗经》中出现的"序"字皆是假"序"为"叙"或假"序"为"绪"。《说文解字》曰："绪，丝端也。"段玉裁解释说："端者，草木初生之题也，因为凡首之称。抽丝者得绪而可引。引申之，凡事皆有绪可绩。"由此，"绪"的本义是丝头，而行文中用得较多的是取其引申义，即开端。

综上，序的本义是"东西墙"，而由于这一专门性的本义用得极少，经传行文中使用序字多是作为"叙"或"绪"的假借字，并取其义——次弟或开端。如此一来，序的本义"东西墙"就逐渐被遗忘，而序的常见意思则立足于其假借义的两个基本点（次弟或开端）了。弄清了这一点，就不难理解《释名》等中的解释了。正是因为使用频繁的"序"字的含义兼有叙（次弟）和绪（开端）的意思，才使得文体名称定为"序"比"叙"或"绪"更具有丰富的内涵。对于这一点，徐师曾对序体的解释是很恰当的："字亦作'叙'，言其善叙事理，次第有序，若丝之绪也。"序体文章从文体名称渊源角度所包含的两个基本内核也就凸显了：叙事说理次第有序，有开篇明义之功效。

序有"自序""他序"两种。自序，具有开山意义的当推司马迁《史记》中的《太史公自序》，这篇序文详细叙述了作者写作《史记》的前因后果，家世生平，以及发愤著书的经过。最后还介绍了《史记》一书的规模体例，并一一说明各篇要旨。这篇自序既有后世序文"序典籍之所以作"的内容，也起着目录和条例、提要的作用。正如李景星《四史评议》所说："凡全部《史记》之大纲细目，莫不于是粲然明白。未读《史记》以前，须将此篇熟读之；既读《史记》以后，尤须以此篇精参之。文辞高古庄重，精理微旨，更奥衍宏深，是史迁一生出格大文字。"

他序，是作者为别人的作品写序。又有为人作序，求人作序之别。求人作序起于晋代左思。据说左思《三都赋》序，自以为名气不大，求当时著名学者皇甫谧为他序，皇甫谧便写了《三都赋序》。后代沿袭成风，求人作序成了历代文人的时尚。除了序诗文外，还有序政书、序奏议、序族谱（年谱、年表）、序府县志等。有时一本书有两序、三序乃至四序。为人作序，这方面的代表作应推与司马迁同代而稍后的刘向所写的《战国策序》。后世相沿，唐代有韩愈的《荆潭唱和诗序》，宋代有欧阳修的《苏氏文集序》、苏洵的《族谱引》等，都是名序。

通过梳理元代以前的序文，我们可以发现序文就是陈述作品的作意（宗旨目的、写作动机、背景等）和评价作品内容的文字。

从体制上讲，序文的写法一般都是先评价作品和作家的风格和地位、全书的目录和提要以及与之相关的作品之间的渊源、比较等，然后再交代写作的缘由和作者的关系。这基本上是序文通行的写法。在胡祗遹、杨维桢的关于评价元人元曲的序文中,也基本上采取同一写法。如杨维桢《周月湖今乐府序》：

> 士大夫以今乐府鸣者,奇巧莫如关汉卿、庾吉甫、杨澹斋、卢疏斋；豪爽则有冯海粟、滕玉霄；蕴藉则有如贯酸斋、马昂父。其体裁各异,而宫商相宣,皆可被于弦竹者也。继起者不可枚举,往往泥文采者失音节,谐音节者亏文采,兼之者实难也。夫词曲本古诗之流,既以乐府名编,则宜有风雅余韵在焉。笱专逐时变,竞俗饫,不自知其流于街谈市谚之陋,而不见锦藏绣腑之为懿也,则亦何取于今之乐府,可被于弦竹者哉？四明周月湖文安,美成也公之八世叶孙也。以词家剩馥,播于今日之乐章,宜其于文采节音,兼济而无遗恨也。间尝今学士吴毅,辑而成帙,熏香摘绝,不厌其多,好事者又将绣诸梓以广其传也,不可无一言以引之,故为书其编首者如此。至正七年十一月朔序。

在这篇序文中,杨维桢首先谈到了前人以乐府成名的作家及这些作家的风格,并且指出了这些作家作品都可以入乐这个特点。接着从音乐特点指出了曲的渊源,最后点出作者所要为之作序的主人公的家世,并且对其创作做出评价。

这样的体例便于对所要谈论的问题的渊源进行梳理,便于了解当时的状况以及这方面的代表人物及各自所取得的成就。在评论中,我们就知道了诸如关汉卿、庾吉甫、杨澹斋、卢疏斋、贯酸斋、马昂父等的风格。知道了他们成名的缘由——"宫商相宣,皆可被于弦竹者也",文采音节相谐。知道了所要为之作序之人在曲的创作上所取得的成就及文坛地位及作序的原因。这样不仅对于所要评论的作家作品有一个比较全面的了解,就是对于整个文坛的情况也有一个鸟瞰，便于全面地把握作家作品。

再如胡祗遹的《赠宋氏序》：

> 百物之中，莫灵莫贵于人，然莫愁苦于人。鸡鸣而兴，夜分而寐，十二时中，纷纷扰扰，役筋骸，劳志虑，口体之外。仰事俯畜。吉凶庆吊乎乡党闾里，输税应役于官府边戍。十室而九不足，眉颦心结，郁抑而不得舒；七情之发，不中节而乖戾者，又十常八九。得一二时安身于枕席，而梦寐惊惶，亦不少安。朝夕昼夜，起居寤寐，一心百骸，常不得其和平。所以无疾而呻吟，未半百而衰。于斯时也，不有解尘网，消世虑，熙熙嗥嗥，畅然怡然，少导欢适者，一去其苦，则亦难乎其为人矣！此圣人所以作乐以宣其抑郁，乐工伶人之亦可爱也。乐音与政通，而伎剧亦随时所尚而变。近代教坊院本之外，再变而为杂剧。既谓之杂，上则朝廷君臣政治之得失，下则闾里市井父子兄弟夫妇朋友之厚薄，以至医药卜筮释道商贾之人情物理，殊方异域，风俗语言之不同，无一物不得其情，不穷其态。以一女子而兼万人之所为，尤可以悦耳目，而舒心思，岂前古女乐之所拟伦也，全此义者吾于宋氏见之矣。

在这篇序文中，胡祗遹主要谈了两个问题，即戏剧的娱乐功能和对杂剧之"杂"的认识。而这两个问题都统一于"宋氏"这个作者所要为之作序之人，很明显，宋氏是个演员，是个技艺高超、能够吸引观众，并且所演戏剧能够让观众得到娱乐的演员，那么为了说明这个演员能够让观众得到娱乐，就要首先说明观众需要娱乐，所以有戏剧的出现，有了戏剧的出现，观众就能够"宣其抑郁"。但是仅仅有戏剧的出现还不够，还需要演员的高超技艺，因为只有演员具有高超的技艺，他的演出才能吸引观众。正如胡祗遹在《优伶赵文益诗序》中所说"优伶，贱艺也，谈谐一不中节，阖座皆为之抚掌，而嗤笑之，屡不中，则不往观焉"。这里能够娱乐观众的演员自然使人感到难得而且可爱了。为了说明演员的技艺高超，他又谈到了杂剧之"杂"，胡祗遹首先肯定了元杂剧为教坊院本之新变，是教坊院本的发展，进而指出其所谓"杂"乃在于：（1）能广泛地反映社会整个阶层的面貌，上则朝廷君臣，下则闾里市井。（2）能深刻地反映他们的"人情物理"。（3）其表演艺术可使"无一物不得其情，不穷其态"，即内在之情和外在之态的综合体现。这里的三点虽然是为了说明演员的技艺高超，但是却点出了元杂剧的特征，并且这个把握是相当深刻的，元杂剧正是因为具有了这些特征，所以能够成为超乎宋金杂剧、院本之上而成为代表元代文学的文学样式。

这里"序文"的体制方便了作者对所要谈论的问题进行评论。由于作者的文人身份，所以用起序文体来更是得心应手，读者看来也可以对所要谈论的问题渊源、流变以及相关的知识进行了解，还有就是可以很好地了解作序之人的身份、地位等相关的知识，对于我们更好地认识元杂剧的理论有很大的帮助。

从语体上讲，这种元曲序文体的批评多采用议论和叙事相结合的语言来进行评论，一般都是在叙述中进行议论，在议论中进行归纳。如胡祗遹的《赠宋氏序》首先就叙述了世俗之事的困扰，所以内心很压抑、郁闷。"鸡鸣而兴，夜分而寐，十二时中，纷纷扰扰，役筋骸，劳志虑，口体之外。仰事俯畜。吉凶庆吊乎乡党闾里，输税应役于官府为戍。"接着就进行议论，"此圣人所以作乐以宣其抑郁，乐工伶人之亦可爱也。"叙述从日常生活中谈起，感觉是在叙家常，分别叙述了人的日常生活中可能遇到的种种让人烦心的事情，从而导致了人精神的压抑、郁闷。那么人的精神压抑、郁闷怎么解决呢？作者就进行议论:"此圣人所以作乐以宣其抑郁,乐工伶人之亦可爱也。"点出了杂剧的娱乐功能是自古就有的,并且这些伶人由于表演杂剧而可爱。这里的议论紧承着叙述,议论得恰到好处,一点也不显得突兀,就好像是一股泉水自然而然地流出,一点也不显得是为议论而议论,真可谓是"天然去雕饰"。

由于胡祗遹、杨维桢都是文学史上的大家,对文学典故很熟悉,所以在他们的序文体的评论中,我们可以发现他们也用典,例如胡祗遹在《优伶赵文益诗序》中道:"醯盐姜桂,巧者和之,味出于酸酷辛甘之外。"咸酸之喻出自唐代司空图诗论,本来用以形容言外之旨,韵外之致。这个说法在诗歌批评中经常被引用。胡祗遹引来比喻杂剧演出之求新,杂剧和诗歌从大体上讲,一个属于俗文学,一个属于雅文学。胡祗遹把本来用于雅文学的比喻用于俗文学,本身就是对俗文学的重视,还有就是他的文人身份的使然,从而使杂剧批评显得比较典雅。再如在杨维桢的《优戏录序》中,点出了司马迁在《史记》中为滑稽者立传的典故,拈出了春秋时优孟而歌的故事。这篇序文就是为了说明戏剧具有"优谏"之功,而这个功能从戏剧起源的时候就具有,为了说明这个道理,所以作者运用了典故,运用典故可以从源头上进行说明,更具有说服力。还有就是这些典故是大家耳熟能详的故事,在中国的戏文里不知道被搬演过多少遍,从观众接受的角度看,也是比较容易的,所以这些典故的运用既是文人典雅化的一种表现,也是其学识广博的证明,这里表述的典雅化和接受的通俗化很好地统一起来。

不管是胡祗遹,还是杨维桢,他们语言的选择都是比较正式的文学批评的术语,借用一些中国古代文论的理论资源和文艺思想。上面举出的典故自然不必说,就是一般的叙述和议论性的语言也让人明显地感觉到其中的书卷气,语言表述非常准确。例如杨维桢《周月湖今乐府序》中关于关汉卿等风格的描述:"奇巧莫如关汉卿、庚吉甫、杨澹斋、卢疏斋;豪爽则有冯海粟、滕玉霄;蕴藉则有如贯酸斋、马昂父。"这里的"奇巧""豪爽""蕴籍"都是文学批评的专业术语并且总结得都非常准确。胡祗遹在论及演员的素质的"九美说"之二提出的"举止娴雅,无尘俗态",就是强调演员要有"神韵美"。而这些都是中国古代文论在论文和论人时用的术语和文艺思想。如《世说新语·巧艺》载,庚道季批评戴奎画说:"神明太俗,由卿世情未尽。"他认为作画要"神明""脱俗";《南村辍耕录·写山水诀》载,元代著名画家黄公望提倡"作画"要去"邪、甜、俗、赖"四个字。胡祗遹将这些文艺思想引入杂剧批评,认为"举止娴雅,无尘俗态""风神靓雅,殊有林下风致"对于演员修身养性、提高表演水平很重要。这些评语体现了文人们天真烂漫、异想天开的品格。

从风格上讲,这些序文体的批评,既得益于先前的序文一些名序的传承,同时又具有自己的特色。在体例上基本上遵循一般的序文的体例,在语言上采用夹叙夹议的语言,叙述可以说是情文并茂,议论可以说是切中肯綮。如胡祗遹的《赠宋氏序》中,我们仿佛真的看见了作为人在社会中所受到的各种困惑而导致的身心的疲惫和压抑,可以说是情文并茂,栩栩如生。还如在他的"九美说"中,用"老僧之诵经"来形容演员在演唱的时候应该注意的情态。

内容上,胡祗遹强调杂剧的娱乐功能以及演员的表演要内在之情和外在之态很好地结合起来,并进而提出了对演员舞台表演的要求,可以说他的着眼点在于杂剧的娱乐,落脚点还在于娱乐,他的几篇关于杂剧评论的序文都是写给演员的,在对演员的描述、赞美中发表了自己对杂剧一些看法。杨维桢强调杂剧的"讽谏"的功能,提倡音节和文采相统一。他们的风格都是文人式的,都是讲究典雅与情趣的,他们不是为了评论而进行评论,而是在与伶人、演员的嬉戏中,在表现文人的情致中随意挥洒的一种方式而已,只不过由于作者本人学识的广博,所以谈论的问题往往能鞭辟入里,恰到好处。

(二)目录体的特征与影响

1. 目录体的由来

"目录"一词,始于汉代郑玄的《三礼目录》,"目录学"则始于汉代的刘向、刘歆父子。春秋之前,书籍数量有限,因而没有必要编制目录。春秋战国之际,百家争鸣,学术繁荣。随着诸子学派的崛起、书籍的增多,书中开始了对学术思想的分类:如《庄子·天下篇》将古代学术分为七派,开学术分类法的先河;到了汉代,统治者吸取亡秦的教训,在调整经济政策,实行无为政治的同时,亦实行比较开明的文化政策。《汉书·艺文志》说:"汉兴,改秦之败,大收篇籍,广开献书之路,百年之间,书积如山丘。"到成帝时更"使谒者陈农求遗书于天下",当时的藏书规模达到了高峰。藏书多了,为了便于使用,就要对藏书进行整理,于是成帝"诏光禄大夫刘向校经传、诸子、诗赋,步兵校尉任宏校兵书,太史令尹咸校数术,侍医李柱国校方技",每校完一部书,都由刘向写一篇简明的内容提要给成帝阅览。所谓"每一书已,向辄条其篇目,撮其指意,录而奏之"。当时刘向曾把这些提要另写一份,汇编成《别录》一书,这便是中国第一部解题式书目。

刘向死后,成帝令其子刘歆继承父业,继续校理群书。刘歆在《别录》

的基础上，对序录删繁就简，进一步将全国图书详加分类，于是"总群书而奏《七略》"。《七略》是中国最早的综合性群书目录，是中国图书分类法的开创之作。其著录的图书六百零三家，一万三千二百一十九卷。可惜原书已经亡佚，其详情不得而知。

从古书记载中，我们可以得知《七略》将图书分为"六艺略""诸子略""诗赋略""兵书略""术数略""方技略"六大类，其所分类目并非尽善尽美，但初创之际能有如此成就，已属难能可贵。《七略》一书开中国传统目录学的先河，对以后的目录学发展起了奠基作用。它确立的图书著录事项和格式、首创的互见、别裁及附注等方法，编有精辟的内容提要等，至今仍是我们著录图书的基本方法。利用图书目录来反映文化学术源流，以及中国古代图书分类两大系统之一的"六分法"，都是刘向父子创造的成功之法。继刘歆而起的目录学家是东汉的班固。班固的《汉书·艺文志》是中国现存最早的史志书目。由于史书体裁和篇幅的限制，班固删掉了刘书大量的叙录，又把《集略》（即总要）分割开来，属于总论性质的列于六略之前，大序、小序则分别置于六略及十八种之后，并增加了刘向、扬雄、杜林三家的著作，在细目和具体归类方面有所变通和改进。由于《别录》《七略》均已亡佚，而《汉书·艺文志》是在上述两书基础上完成的，因此，汉代社会学术思想和文化典籍的概况得以因《汉书·艺文志》而保存。又由于上述原因，《汉书·艺文志》成了中国研究古代典籍的重要依据，具有很高的学术价值。清代学者王鸣盛说："不通《汉书·艺文志》，不可以读天下书。《艺文志》者，学问之眉目，著述之门户也。"

魏晋时期，"文籍逾广"，晋秘书监荀勖及其助手张华在《魏中经簿》的基础上，编纂了《晋中经簿》，这是中国西汉末年到唐初这一时期最好的一部官修目录；荀勖、张华把个别重要书籍"依刘向故事"校定新本，编写叙录——在著录分类上则开中国系统目录中的四分法之先河；及至东晋，著作郎李充编《晋元帝书目》，并因荀勖四部之法，且将荀瑁的经子史集之部易为经史子集，自此以经史子集为序的四部分类法基本确立。南北朝时，刘宋秘书丞王俭逾二纪编成《七志》。《七志》一反当时官修目录的成规，依《七略》的分类体系，广泛著录"今书"，开创了中国传录体叙录之先河，使其成为当时最有影响的目录之一。当时另一部颇有成就的目录是阮孝绪的《七录》。《七录》"总括群书四万余卷，皆讨论研核，标判宗旨"，使《七录》成为这一时代中最杰出最有参考价值的全国综合性目录巨著。

它在分类体系上依《七略》并加以改进，在解题方面尽可能编写了和《七略》相仿的简单说明。

到了唐宋时期，特别是印刷术的发明，更为各类书籍的出版提供了物质条件。书籍的大量增加，也带动了书目编制和图书分类的发展。值得一提的目录学著作主要有唐代魏徵的《隋书·经籍志》、南宋初年郑樵的《通志·艺文略》和元代马端临的《文献通考·经籍考》。《隋书·经籍志》的编撰，汲取了前代目录学著作的精华，把当时政府的藏书删并为四部四十七类，并直接冠以经、史、子、集的名称。全书依《汉书·艺文志》的体裁，但有所增补。首有总叙一篇，四部有后叙四篇，分类有小序四十篇，道、佛叙二篇，末有后叙一篇，总计四十八篇。《隋书·经籍志》反映了中国中古时期的典籍情况，是研究唐以前学术源流及其演变，以及宋至隋图书概况的重要文献。《隋书·经籍志》将甲、乙、丙、丁换成经、史、子、集的类名来表示，为四部分类法定了名。至此，中国传统目录学上的四部分类法才真正形成一个完整而切合实际的图书分类体系，成为后世分类法的标准。中国著名目录学家王重民先生对《隋书·经籍志》是这样评价的，《隋书·经籍志》"成为总结中国中古时期一部划时代的全国综合性图书目录，其重要意义是与《汉书·艺文志》相同的。而其参考使用价值之广泛，在某些地方，又超于《汉书·艺文志》以上"。

2. 目录体的影响

在中国古代目录学史上，目录体作为一种文体，从体制上讲，自汉代开始，一般目录的著录方式均以书名项作为标目。但是在元代，不管是夏庭芝的《青楼集》，还是钟嗣成的《录鬼簿》都能别出心裁，根据戏剧特点，以演员伶人或作家为纲，以剧作为目，记录一代戏剧创作成就，并以小传、按语（指部分剧目后的有关文字）和吊曲诸形式，对作家剧目予以批评，创造了戏剧学研究的一种主要模式。

此书就是以演员为标目，记录下演员的姓名、姿色、所擅长的戏剧形式以及和当时的官宦、名公士子交往的情况。再如在《录鬼簿》中，钟嗣成首先对当时的元曲作家进行了分类："前辈已死名公，有乐府行于世者；方今名公；前辈已死名公才人，有所编传奇行于世者；方今以亡名公才人，余相知者，为之作传，以凌波曲吊之；已死才人不相知者；方今才人相知者，记其姓名行实并所编；方今才人，闻名而不相知者。"在每一类的下面著录下作家的姓名，简单地介绍作家的生平，所作的元曲篇目，对于了解的还用一凌波曲进行凭吊。

这种著述模式以作家为聚焦点，以剧目为主干，"记其才能出处于其前，度以音律乐章于其后"，可谓文献著录和理论批评两不偏废。用钟氏自序之语来表述，这种戏剧学文体批评的长处在于：既能借助"叙其姓名，述其所作"，反映一代戏剧创作盛绩；又能通过"传其本末，吊以乐章"，表达著者的戏剧美学观点。

从语体上讲，这种元曲目录体的批评多采用客观叙述和主观评价相结合的语言。在客观的叙述中，多为叙述演员的姓名，所擅长的表演形式以及和当时名公士人的交往，有时还夹杂一些故事，作家就是叙述姓名、籍贯、创作的作品。由于当时记录下这些演员、作家主要是要为他们正名，树碑立传，所以在叙述的时候就比较客观，语言不疾不徐，也没有采用什么修辞手法，基本上就是一种实录。

例如在《青楼集》中，说喜春景："姓段氏，姿色不逾中人。而艺绝一时，张子友平章以侧室置之。"说顺时秀："姓郭氏，字顺卿，行第二，人称之曰'郭二姐'。刘时中待制尝以'金簧玉管，凤吟鸾鸣'拟其声韵。平生与王元鼎密。偶疾，思得马板肠，王即杀所骑骏马以啖之。阿鲁温参政在中书，欲瞩意于郭。一日戏曰：'我何如王元鼎？'郭曰：'参政，宰臣也；元鼎，文士也。经纶朝政，致君泽民，则元鼎不及参政，吟风弄月，惜玉怜香，则参政不敢望元鼎。'阿鲁温一笑而罢。"

在以上的记叙中，我们看到的就是关于演员的一些基本情况，语言平铺，非常便于了解当时演员的真实情况；另外，在《录鬼簿》中，关于作家作品的著录采用的也是记叙的语言，便于了解作家的创作。在评价的时候，是就前面的客观叙述而作的评价。如在《青楼集》中评价顺时秀"姿态娴雅。杂剧为闺怨最高，驾头、诸旦本亦得体"。在《录鬼簿》中，主要采取以凌波仙曲调来进行凭吊。在这里，叙述不是材料的简单堆积，而是在一定的戏剧学观念指导下的"编排类集"，需下一番分类整合的编排之功；评价不是无的放矢，而是在充分占有一代文献资料，了解一位作家事迹风貌的基础上，知人论世，评曲论剧。正因为具备这些长处，所以这种目录体的模式多为后人从事戏剧理论批评所仿效。

从风格上讲，这种目录体的元曲批评是一种别具风格的戏剧文学批评；从构成形态上讲，通常以两个部分构成一个整体：序（跋）和演员（作家）、作品的著录；从批评的内容来看，以对作品的分类著录来体现其批评思想，将宏观批评和具体的作家批评相结合，从具体的作家批评中体现其戏剧理论。如在《录鬼簿》中，钟嗣成就是基本以史的序列来对作家和作品进行排列，从而对中国戏剧史的划分有一个大致的轮廓，再如他对一些作家的凭吊体现了他关于戏剧形式之美的理论。

自从《录鬼簿》这种目录体的元曲批评形态问世后，相继出现了元末明初的《录鬼簿续编》，明嘉靖年间徐渭的《南词叙录》。还有直接据《录鬼簿》改编的朱权的《太和正音谱》卷中的《群英所编杂剧》，后来臧晋叔《元曲选》又据《太和正音谱·群英所编杂剧》作"五百四十九本名目"。这些有赖于元人目录体的开创之功。

在整个古代戏曲文学批评史的发展过程中，戏曲目录实为一种主要的戏曲文学批评形式，从数量上看，根据中国艺术研究院编校的《中国古典戏曲论著集成》，共收唐至清中后期的戏曲论著四十八种，其中戏曲目录就有十五种。当然，这还不是古代戏曲目录的全部，不过仅此数字已足可看出戏曲目录在古代戏曲文学批评著作中所占的分量。所以，古代戏曲目录是古代戏曲文学批评的一种主要形式，它深刻地影响着中国古代的戏剧批评。

不管元人进行元曲批评采用的是"序文体"还是"目录体"，它都有自己的一套体制、语体、风格方面的表现，所以对元人元曲批评进行文体研究有助于我们从形式方面来理解元人的元曲批评。

第三节　中国古代小说批评文体研究

中国古代小说批评的文体特征与早期的经注、史评以及文选注评有着密切联系。

一、经法与小说评点

儒家经典在中国古代社会有着很高的地位，是中国历史上被最早最系统地进行注释的文化典籍。"五经""六经""十三经"一直是古代圣贤与封建帝王非常重视的文化典籍与治国之道。秦始皇统一中国，尊尚法家学说，焚书坑儒，曾使儒家经典遭到严重破坏，西汉王朝接受秦朝灭亡的教训，采取休养生息、无为而治的基本国策，儒家经学开始日益复苏。汉高祖刘邦登基以后，因种种原因经学没能立即显于朝廷，此时，经过战国以来的力量集聚，汉儒已逐步把经学的解释权攫取到自己的手中。到了汉武帝时期，经济繁荣，国力强盛，汉武帝实行"罢黜百家，独尊儒术"的思想文化政策，确立儒学为统治思想。为了树立儒家思想的权威地位，将儒家经籍《诗》《书》《易》《礼》《春秋》尊为"五经"，并由政府设立"五经"博士，立太学，郡国置五经律史，广泛传播儒家思想，由此而兴起一门训解或阐释儒家经典著作的学问，即"经学"。

经学从严格意义上讲乃是指对儒家经典研究、诠释、传授的学问，汉代经学实际上是汉代儒士对先秦儒家思想的解释系统。经学振兴之后，为了使读者能够没有障碍地接受这些经典文体，经学研究者开始对经典中的词句意义进行解释，对文句进行疏通，从而让这些经典之作的价值得到最大的实现。今文经师先是以脑记口说授经，后渐著之竹帛，解说"五经"的传、记、训、故、说、解、注、章句，日益繁多。

随着经学的繁荣，解经之作日益丰富，如淮丹作《易通论》七篇，伏恭作《齐诗解说》九篇，卫宏著《古文尚书训旨》，牟长著《尚书章句》，马融遍注《孝经》《论语》《毛诗》《周易》《三礼注》，许慎作《五经异义》、何休著《公羊解诂》《公羊墨守》《左氏膏肓》《穀梁废疾》等。

据《汉书·艺文志》和《续补后汉书·艺文志》所列书目的不完全统计，自武帝至汉末，解经之书计一百多种。其中《诗》二十三，《书》二十三，《礼》二十四，《易》十三、《春秋》二十七。古代的注疏名目繁多，各有侧重。分开来说，解释古书字、辞意义的叫"注"，"注"又有传、笺、解、章句等名；疏通经传文意、义理的叫"疏"，疏又有义疏、正义、疏证等名。注疏的流行大大方便了读书人对于经典的接受。

汉代是中国注释之学发展的兴盛时代，无论是训诂专著，还是"随文而释"的注释都取得了前所未有的成绩。大言别之，表现在两个方面：一方面是训诂专著的出现，如汉初的《尔雅》、西汉末扬雄的《方言》，东汉许慎的《说文解字》、汉末刘熙的《释名》。另一方面是"随文而释"的注疏之学的兴盛。这方面大家辈出，成绩斐然，如高诱、赵波、王逸、贾逵、马融等，而郑玄又是其中的翘楚。

东汉末年的郑玄,遍注群经,成为汉代经学的集大成者。郑玄的注释囊括了后世训诂学所涉及的全部内容,显示了汉代注疏之学的巨大成就,他对于经典文本的诠释相当全面,包括词义、句义、语法、修辞、解释古代名物和典章制度,揭示义理乃至概括文本主旨。更为重要的是,他大大发展了"随文而释"的体例,已经将注文和正文融为一体。

例如《礼记·檀弓》"吾离群而索居,亦已久矣",郑玄随文注云:"索犹散也。"《周礼·天官·宫正》:"春秋以木铎修火禁。凡邦之事蹕,宫中、庙中则执烛。"郑玄随文注云:"郑司农(郑众)读'火'绝之,云:'禁凡邦之事辟,当出,则宫正主禁绝行者,若今时卫士填街辟也。宫中、庙中则执烛,宫正为王于宫中,庙中执烛玄谓:事,祭事也。邦之祭社稷七祀于宫中,祭先公,先王于庙中,隶仆掌辟止行者,宫正则执烛以为明。"

这些注释为了让读者更好地理解经文,几乎是与正文句句相符的,这种"随文而释"的注文与正文融为一体的注释体制,直接影响了后来的小说评点的批评体式。

二、史评与小说评点

小说评点的文体特征与史评体例的影响也有着很大的关系。从先秦到汉魏六朝的史书,在体裁结构上有一个特征,就是每篇作品之后附有论赞。史书中的论赞,指史书记传篇之末所附的评语。其名目很多,《左传》称"君子曰""君子谓"或"孔子曰";《史记》称"太史公曰";《前汉纪》《北史》《南史》等用"论曰";《汉书》《新唐书》《辽史》等称"赞曰";《南齐书》和《宋史》

除有"论曰"外,还用"赞曰";《三国志》称"评曰";《宋书》《梁书》《魏书》《周书》《隋书》皆称"史臣曰";常璩《华阳国志》称"撰曰";《资治通鉴》称"臣光曰",其他还有称为"议""诠""序""述""奏"的。唐代史学家刘知几总结这一体式道:"其名万殊,其义一揆。必取便于时者,则总归论焉。"并统名之曰"论赞"。

论赞一般被认为起源于《左传》,但也有一种说法,认为《尚书》中的"曰:若稽古"是论赞的源头。这些"论赞",从"以传附经"的体制来看,大多采取随人随事夹叙夹论的方式,作史者通过对具体历史人物事件的评论来昭显自己的观点。

例如《左传》的君子曰:

君子谓祁奚于是能举善矣。称其仇,不为谄;立其子,不为比;举其偏,不为党。商书曰:"无偏无党,王道荡荡。"其祁奚之谓矣。解狐得举,祁午得位,伯华得官;建一官而三物成,能举善也。夫惟善,故能举其类。诗云:"惟其有之,是以似之,祁奚有焉。"(《左传·襄公三年》)

君子是以知秦穆公之为君也,举人之周,与人之壹也。孟明之臣也,其不解也,能惧思也。子桑之忠也,其知人也,能举善也。《诗》曰:"于以采蘩,于沼于沚。于以用之,公侯之事。"秦穆有焉。"夙夜匪解,以事一人",孟明有焉。"诒厥孙谋,以燕翼子",子桑有焉。(《左传·文公三年》)

把这一体式成熟和确定下来的人则是司马迁。司马迁在先秦典籍《左传》《国语》《战国策》中"君子谓""君子曰""君子以为""某人曰"的基础上,创造了新的史论形式——"太史公曰"。《史记》全书每篇正文或前或后都附有一段"太史公曰",共一百三十七条,约三万字。篇前称序,篇末称赞。"太史公曰"和"君子曰"之间虽然存在着明显的师法关系,但区别也是很大的。先秦史著中的"君子曰"等,随意性较强,非常灵活,不成体系。而司马迁《史记》论赞或在文前,或在篇尾,篇中出现较少,多就所写人物一生行事或其一生中的某一个重要事件发论,或阐明创作题旨,或总结兴亡成败的经验教训,或评价历史人物,体系严谨,精义深旨,总结概括的性质更强。

例如《史记卷七·项羽本纪》太史公曰:

吾闻之周生曰"舜目盖重瞳子",又闻项羽亦重瞳子。羽岂其苗裔邪?何兴之暴也!夫秦失其政,陈涉首难,豪杰蜂起,相与并争,不可胜数。然羽非有尺寸,乘势起陇亩之中,三年,遂将五诸侯灭秦,分裂天下,而封王侯,政由羽出,号为"霸王",位虽不终,近古以来未尝有也。及羽背关怀楚,放逐义帝而自立,怨王侯叛己,难矣。自矜功伐,奋其私智而不师古。谓霸王之业,欲以力征经营天下。五年卒亡其国,身死东城,尚不觉寤而不自责,过矣。乃引"天亡我,非用兵之罪也",岂不谬哉!

又如《史记卷一百九·李将军列传》太史公曰:

传曰:"其身正,不令而行;其身不正,虽令不从。"其李将军之谓也?余睹李将军悛悛如鄙人。口不能道辞。及死之日,天下知与不知,皆为尽哀。彼其忠实心诚信于士大夫也?谚曰"桃李不言,下自成蹊"。此言虽小,可以喻大也。

司马迁熔铸前人,断以己意,熔历史、现实于一炉,创造"一家之言"的"太史公曰",可能还受到当时汉代浓厚的解经注释的时代风气的很大影响。这种史评形式得到了后代史家的广泛响应,"既而班固曰'赞',荀悦曰'论',东观曰'序',谢承曰'诠',陈寿曰'评',士隐曰'议',何法盛曰

'述',扬雄曰'撰',刘炳曰'奏',袁宏、裴子野自显姓名,皇甫谧、葛洪列其所号",在这种趋势下,后来的《汉书》《后汉书》《前汉纪》《资治通鉴》《三国志》《晋书》《宋书》《旧唐书》等史书,在《史记》的基础上对这种史评形式做了进一步的继承发展。

史书的"论赞",不但在史学编撰体例上开拓出了随人随事进行历史评论的新形式,同时也具有重要的文学史意义。这种史文与史评合为一体,随人随事夹叙夹论的方式,直接影响了中国的评点文学的发展,也成了小说评点体例形成的一个重要渊源。

三、文选注评与小说评点

在经典注释与史家评论发展的同时,汉代又出现了诗文的注解。很显然,它们之间存在着相互影响的关系。《毛诗》中的《大序》《小序》,实际上已经涉及具体的文学批评理论。作为诗文的注解,它首开了寄生于文本,随文予以解析的文学评点风格,《大序》是毛诗首篇《关雎》前的序,毛诗每篇都有小序,此大序可以作为整部《诗经》的总结性的序。例如在《大序》中,就对诗歌的本质进行了评论:"诗者,志之所之也,在心为志,发言为诗。情动于中而形于言,言之不足故嗟叹之,嗟叹之不足故咏歌之,咏歌之不足,又不觉手之舞之,足之蹈之也。"

而每首诗前的小序,则起到了重要的导读作用,从每首诗的背景、主旨、用意等方面给予评论。例如《氓》的《小序》:"刺时也。宣公之时,礼仪消亡,淫风大行,男女无别,遂相奔诱。华落色衰,复相弃背,或乃困而自悔,丧其妃耦,故序其事以风焉。美反正,刺淫佚也。"

《毛诗》之后，王逸的《楚辞章句》也继承了这种评点体例的风格，采取了以《诗》释《骚》的方式，用两汉诗经学的解释方法来解释《楚辞》。作为现存最早的楚辞注本，《楚辞章句》有《总序》，每篇楚辞之前，也有一段解题的小序。例如，《楚辞章句序》对屈原的作品创作动机及作品功用进行了分析："而屈原履忠被谗，忧悲愁思，独依诗人之义，而作《离骚》，上以讽谏，下以自慰。遭时暗乱，不见省纳，不胜愤懑，遂复作《九歌》以下凡二十五篇。"

《楚辞章句》在解释一般字词时多引用《诗》和《易》，例如《离骚》："忽奔走以后先。"王逸注曰："奔走先后，四辅之职也。"《诗》曰："予聿有奔走，予聿有先后。"《大雅·绵》)

继《毛诗》《楚辞章句》之后，唐代出现了殷璠的《河岳英灵集》和高仲武的《中兴间气集》等诗歌评点，这些评点，主要宣扬了编选者的诗歌主张，并引导读者对诗歌进行简单的艺术鉴赏。

古文的评点，在宋代开始兴盛。宋太祖偃武修文，提倡科举，将经义定位为科举考试的文体。为了仕宦前途，文人士子必须苦心揣摩"经义"的写作。而古文与经义又较为相近，为了满足这一需求，一批古文家、道学家便从"写作学"的视角开始了对古文的选评。宋代影响较大的古文评点范本有吕祖谦的《古文关键》、谢枋得的《文章轨范》、楼昉的《崇文古诀》、真德秀的《文章正宗》等。

《古文关键》一书选取唐宋两代古文家韩愈、柳宗元、欧阳修、曾巩、苏洵、苏轼、苏辙、张耒等八家六十一篇，辑成两卷。吕祖谦在《古文关键》卷首"总论·看文字法"里总结了几条"看文字法"：第一，看大概主张；

第二，看文势规模；第三，看纲目关键，如何首尾呼应，如何铺叙次第，如何是抑扬开合处；第四，看警策句法，如何警策，如何下句下字有力处，如何头换头佳处，如何缴结有力处，如何融化屈折、剪裁有力，如何实体贴题目处。

从"看文字法"来看，吕祖谦的评点之法既是要对全文有一个整体的把握，也是要进行具体的文本分析。其评点的对象包括文章的思想大意、章法、布局、结构、段落、句子、词语、辞格、风格等方面，要考察其转折等文字功夫。

如他在韩愈《师说》一篇总评云："此篇最是结段有力，中间三段自有三意说起，然大概意思相承都不失本意"；于"是故无贵无贱，无长无少，道之所存，师之所存也"句旁批"转换起得佳"；在《获麟解》的"麟之为灵，昭昭也"句旁批"起得好，先立此一句"，说明了他对章法布局的重视。他在柳宗元《晋文公问守原议》中"而乃背其所以兴，其所以败"旁批"下字，文字好处，意到语壮"是对句子词语的考察。他在欧阳修《朋党论》中的旁批"夫前世之主，能使人人异心不为朋，莫如纣；能禁绝善人为朋，莫如汉献帝；能诛戮清流之朋，莫如唐昭宗之世。（如人说反话）然皆乱亡其国"，则是对辞格方面的评点。

《古文关键》体的评点还运用许多批评术语。比如精神、眼目、血脉、关锁、筋骨等，也相当重要。又比如八股文评点中常有文中"立柱""题题""骂题"等，这些术语在《古文关键》中也已出现了。

谢枋得《文章轨范》的评注方式主要有两种：总评和夹评。总评通常是指一篇文章之后总论全文的意趣脉络的文字。另外，谢枋得在每卷卷首都写有识语。这是一卷之总评，指明了本卷的总体特点，并提出了由放胆到小心的文学主张。夹评，即随文评，就是在文章转折处、关键处点出说明，文评相连，为了避免混淆，原文用大字，评注用小字且为两行，夹注于文下。书中除《原毁》《与韩愈论史书》《纵囚论》《书箕子庙碑阴》四篇外，其余各篇均有夹评，但或详或略。作为评选著作，谢枋得的《文章轨范》在评点类总集中有其特殊的位置，一是开圈点类评点体例之先河，二是体制格式较为完备。

楼昉是吕祖谦的学生，楼昉的主要评点著作《崇古文诀》共35卷，选取古文两百多篇，体例与《古文关键》大致相仿。从圈点与批评运用的方式来看，楼昉所用评点方式主要有三种情况：一种是将圈点和评论进行结合，一种是只用圈点不加评论，还有一种是只作评论没有圈点。在批评体例上，他喜欢在文章前面用一段文字，对该篇的写作章法、结构、词句、风格等方面进行评论，他对旁批使用得不多，也基本上没有尾评。他使用的圈点符号包括大圆圈、小圆圈、月牙点、斜点、直线等多种形式。

日后的小说评点大体承袭了这种形式，小说评点置于篇前的"读法"，即相当于看文作文法；回前评则相当于篇前总评；夹批、眉批、圈点就是行文的随处批语和圈点。"当然形式相似并不见得精神雷同。"这句话准确地揭示了小说评点与宋代古文评点之间的关系。

南宋末年的刘辰翁在中国文学评点史上具有重要地位。

评点作为一种批评形式，在宋代的兴盛，与古文、经义教育的社会风尚有着很大关系。评点的广泛应用更多的是出于一种功利性的目的。刘辰翁却一改这种实用性，开始从一种审美的、形象的批评视角来介入文学文本，对文学作品的艺术内涵进行细致的体味，他的评点具有更多的独创性和敏锐性，与之前的吕祖谦、谢杨得、楼昉、真德秀等人的教化性质的评点相比，刘辰翁的评点带给读者的是一种美学艺术的欣赏，而不是为了揣摩"经义"的写作技巧，所以更接近一种纯粹的文学评点。

刘辰翁的评点范围很广泛，涉及诗、词、散文等各个文体领域，更为重要的是，他是第一个对小说进行评点的人，首开中国小说评点的风气。在相当长的时期里，中国传统文学观念中的小说戏曲地位较为低下，难登大雅之堂，也较少得到文人的关注和评论。但刘辰翁大胆地进行了小说批评的尝试，对刘义庆的《世说新语》进行了评点。

刘辰翁评点《世说新语》的形式较为单一，绝大部分采用眉批形式，而且字数较少，少则两字，多则二三十字，风格较为随意。如《世说新语》卷中之下《赏誉》中云："山公举阮咸为吏部郎，目曰：'清真寡欲，万物不能移也'。"刘辰翁便在眉端批道："妙绝举词。"又如卷上之上《言语》中云："林公见东阳长山，曰：'何其坦迤。'"刘辰翁又在眉端批道："如此四字，极似无谓，亦有可思。"

难能可贵的是，刘辰翁在评点《世说新语》时，已经开始在早期的经注、史评以及文选注评的发展中，逐渐孕育了小说评点的各种形式之源与技法要素，是小说评点形成的重要渊源。而到了明清时期，章回小说这一新文体的出现，则预示着小说评点作为中国独特的文学批评形态，正式登场。

第六章 中国古代文学浪漫主义主题

第一节 中国古代文学浪漫主义主题的成因

一、先秦两汉浪漫主义主题的文学叙写与形成原因

在中国最早的诗歌总集《诗经》中，就有与浪漫主义发生联系的诗篇。《诗经·小雅斯干》是言周宣王宫室落成之祝歌，宫室落成后的喜悦伴随宣王进入梦中。周宣王梦见的熊罴虺蛇，分属阴阳，占梦官说这分别是生男和生女的喜瑞之征。

《诗经·小雅·无羊》中牧官梦见众人捕鱼是年丰岁熟的祥兆，梦见族旗是子刊众多之象。据《周礼·占梦》："季冬聘王梦，献吉梦于王，王拜而受之。"占梦官得知牧人的吉梦，献之于宣王。这两篇诗中的浪漫主义都是梦境的写实，入于诗中能够表达情感。

距《诗经》两三百年后，南方楚国诞生的新诗体中也幻化出浪漫主义的景象。

屈原的《九章·惜诵》中的梦景，正是诗人想要为灵修分忧却不能靠近的现实悲哀。诗人梦中飞游苍天，中途遇河却无法渡船。《惜诵》虽然仍有占梦的影子，但是占梦的结果已经不单纯地反映吉凶，屈原借文学创作通灵

梦境来表现自我的现实感受。宋玉《高唐赋》《神女赋》缔造了"高唐神女梦"，宋玉为襄王"引荐"的神女是美好的化身，将其置于梦中平添朦胧之美。浪漫主义描写趋于细腻工致，令人魂牵梦绕。

中国的第一部散文集《尚书》中，《说命上》篇开头用拙朴的语言记录了武王梦中得到贤相傅说的经过，"高宗梦得说，使百工营求诸野，得诸傅岩"。

《尚书》之后，先秦历史散文对浪漫主义主题表现出较大的青睐，《穆天子传》《春秋》三传、《国语》《战国策》《晏子春秋》等均有相关描写。历史散文中的浪漫主义叙述受限于宗教职事，显示了史官的文化责任意识，同时也体现文学性的剪裁。《左传》很具代表性，其中浪漫主义的叙述数量最多，一共有二十七则。这些故事并非附赘，而是与表现时局或重要人物紧密相关的。作者将浪漫主义作为值得记录的史料编入了历史事件中。《左传》中既有应验的梦事，也有没应验或不遵循梦中所示的。这时期，"天道阁昧，故推人道以接之"，史官已倾向于人事探讨，作者的关注点不仅是梦的预兆作用，还包括各种通灵和梦境中浪漫主义背后的历史真相。

先秦说理散文《庄子》《韩非子》《列子》等书也有一些浪漫主义记叙。较有代表性的是《庄子》中的六则，分别是《庄周梦蝶》《栎树见梦》《鹓鶵见梦》《周文王假托梦》《宋元君梦神龟》《郑缓托梦》。《庄子》中的浪漫主义描写好似天马行空，不落俗套，属于寓言式的。他的作品较少地受占梦原始思维的影响，更多的是用浪漫和雄奇的想象描写巧妙地阐明情理，表现了遗世绝尘的思想内容，寄寓了惊世骇俗的深刻情思。他用极具想象力的形象思维，减少了空洞枯燥的说教，变幻成肆纵自然、无拘无束的神奇而智慧的表达，倏尔回溯历史，忽又回到现实，神奇杳渺，引人入胜。用刘熙载的话来说，就是"意出尘外，怪生笔端"。梦和通灵一说带有先天的神秘特征和浪漫色彩，庄子虚己游世，得到艺术启迪，使他不再蹈袭前人，而是独创典型。当庄子的哲学沉思难落言筌的时候，就用浪漫主义的故事状其语意。

秦代《吕氏春秋》一书历来被视为"杂家"著作，班固在《汉书·艺文志》中将它分列到"诸子略"的"杂家"一类。就其中的六则用浪漫主义手法的叙说记事来说，都为说明道理而成言，现实针对性很强，言之有物，不作空言。

到了汉代，《史记》受《左传》影响，也将实录精神融会贯通到对浪漫主义这一叙事题材的记载中，将和事件相关的传闻载录，以备"后有君子，得以览焉"。《史记》中一共有二十二则浪漫主义故事（包括《龟策列传》中的诸先生所补的二则），其中有来自《尚书》《左传》《庄子》等典籍的。比如《殷本纪》武丁梦得传说来自《尚书》，《龟策列传》神龟托梦宋元君来自《庄子》，燕姞梦天与之兰等六则故事源于《左传》。据可永雪先生《史记文学成就论衡》，《史记》的资料来源，大体上有三个方面：先秦及汉初的典籍、国家的文献档案、游历交往所得及亲身的体验。其余的浪漫主义之事的来源可能是司马迁在游历当中所闻和在朋友交往中搜集。"柱谓《左传》体奇而变，其流为《太史公书》"。《史记》继承了《左传》"好奇"的一面，其中的浪漫主义叙事手法颇为有趣。

《汉书》一共有十八则通灵主题的浪漫主义主题故事。其中六则源自《史记》，且基本抄用原文，相差无几。

《汉书》不像《左传》《史记》那样追求情节的奇异，除了引述《史记》中的浪漫主义作品，其余的大都深稳平易，不似《左传》《史记》那样铺张渲染，却自有一种平实富赡的风格。比如在《霍光金日䃅列传》中，由于霍氏泰盛日久早为汉宣帝所忌，在霍光过世后其子孙愈发骄奢不逊，无礼犯法，汉宣帝借机打压，霍氏子孙因此惶恐不安。"山、禹等甚恐，显梦第中井水溢流庭下，灶居树上，又梦大将军谓显曰：'知捕儿不？亟下捕之。'第中鼠暴多，与人相触，以尾画地。鸮数鸣殿前树上。第门自坏。云尚冠里宅中门亦坏。巷端人共见有人居云屋上，彻瓦投地，就视，亡有，大怪之。禹梦车骑声正讙来捕禹，举家忧愁。"三个梦境相组，梦中之奇景承上说明了霍氏"甚恐"，启下说明霍氏即将被灭门的结局。《汉书》相比《左传》《史记》的此类文章更显简洁，篇幅较短，读起来虽然不够生动活泼，但也别具风味。

梦境和通灵主题的浪漫主义在汉代的辞赋中也有很多体现。《李夫人赋》是汉武帝刘彻所作。李夫人是汉武帝的宠妃，"一顾倾人城，再顾倾人国"。李夫人病逝后，汉武帝深情无歇，自作赋以寄相思悲感。"神茕茕以遥思兮，精浮游而出欢接狎以离别兮，宵痗梦之芒芒。忽迁化而不反兮，魄放逸以飞扬。何灵魄之纷纷兮，哀裴回以踌躇。势路日以远兮，遂荒忽而辞去。超兮西征，屑兮不见。"两个人在梦中正欢接亲昵，忽然又分开相隔，魂逸魄飞，短暂的相聚后是永久的别离，那种追之不及的痛楚，在这渺渺茫茫的梦中陡然倍增。梦对于皇帝和百姓都是平等的，汉武帝虽贵为君主，亦会做梦，文中运用浪漫主义的描写体现了他具有普通人感情的一面。从中不难发现，浪漫主义的描写在情感表达上有重要的作用。

班固《幽通赋》是一篇言志之作。弱冠之年，初蒙父丧，夙夜不休的思虑，使得神灵进入了班固的梦寐之中。作者在梦中登山的过程中，见到了一位神灵。他持葛幕而来，并将它交付给作者，劝谏他万万不可堕落懈怠。颜师古注曰："言入峻谷者当攀葛蔂，可以免于颠堕，犹处时俗者当据道义，然后得用自立。故设此喻，托以梦也。"颜师古认为班固不是真的梦见神人持葛来授，而是一种假托，意在说明秉持道义而自立。颜师古的解释是很合理的，但是不管假托与否，浪漫主义都是一种文学思维方式，表达作者内心深处的思索和忧虑。

张衡的《思玄赋》和班固的《幽通赋》同属《文选》"志"篇，也是抒写志向之作。他对遭遇无常、时不待人有所担忧和狐疑，试图远离尘氛，"咨妒嫮之难并兮"，在神游的过程中，作者有了浪漫主义的经历。"发昔梦于木禾兮，谷昆仑之高冈"，作者刚开始从东方神游时，便做了此梦。作者没有急于解梦，而是在经历了东、南、西、北、方的游历后，在从下方向上方的游历之时，才请古神巫为他占梦，以梦境所寓之意引出思归故居之感。游览之始所做之梦的铺设，原是为了占梦后回到现实之中，作者画了一个圆，考虑周到，辞采细密。确如刘勰在《文心雕龙·体性》中说："平子淹通，故虑周而藻密。"

蔡奇的《检逸赋》又名《静情赋》。题名为检逸，旨在约束自身荒淫。文中描绘的是一位千载难遇的佳丽，她的容貌举世无双，性情贤淑柔善。故此《艺文类聚》将它辑录在《美妇人》的部分。作者心悦于她，但是"爱独结而未并"，这种单相思弄得人六神无主。夙夜爱之思之，到达一定的程度，就只有大胆直率地在梦中与她的魂魄交往了，"夜托梦以交灵"是也。浪漫主义在这篇短小精悍的赋作中，是情感表达的最强之音。

二、通灵浪漫主题文学作品形成的最初动力

通灵题材和浪漫主义主题的产生和发展演变，是建立在中国古代灵魂崇拜和占梦文化的基础之上的。在中国古代社会，文学艺术同宗教意识具有统一的内在联系。在文学史上具有奠基意义的先秦两汉的梦境和通灵浪漫主义文学，则是灵魂崇拜延续的语言艺术表现。

无论是灵魂崇拜还是占梦信仰，虽然不能以清晰的概念解释事物，但是都表达了先民在焦虑痛苦或是安宁喜悦的现实生活里，神圣而虔诚的情感体味。当这种原始思维过渡为文学作品的时候，梦和通灵意象便出现在了文学里，使文学作品具有了神秘而浪漫的色彩，刺激了中国浪漫主义文学作品的产生。

第二节 中国古代文学浪漫主义主题的创作方向分析

先秦两汉散文中的浪漫主义主题文学涉及社会生活的诸多方面，这些故事各色纷呈，构成鲜活的文本。这些叙述反映了丰富多彩的内容。由于作品内容丰赡，意义复杂，想要妥善归类并非易事。根据其具体内涵、情感旨趣的不同，大体可梳理成以下几大类型。浪漫主义作品以浪漫神秘的笔触构架现实遭遇，以虚幻的境界网罗真挚的情感，作者的情感抒发充沛，以委婉曲折的叙述道出美好的向往，从中可以看到古人对美好事物的渴慕追恋和对理想的期待憧憬。

一、忧心家国祸福

"建久安之势，成长治之业"，大概是古人最美好的愿景之一，上至君主，下及百姓，无不祈盼王朝之稳固，家族之长兴。古人对于家国的灾难之兆十分重视。这也反映在早期的浪漫主义文学作品中，故而此类题材的作品最多。《诗经·小雅·斯干》中："乃寝乃兴，乃占我梦。吉梦维何？维熊维罴，维虺维蛇。大人占之：'维熊维罴，男子之祥；维虺维蛇，女子之祥。'"

周宣王时，道德盛行，国家富强，百姓和亲，宣王在集众力筑成的宫殿内，与群臣燕乐。孔颖达《正义》曰："既考之后，居而寝宿。下至九章，言其梦得吉祥，生育男女，贵为王公，庆流后裔，因考室而得然，故考室可以兼之也。"宣王在其乐融融的氛围中安然寝卧，梦见熊罴虺蛇，醒后命人占卜，郑玄笺："大人占之，谓以圣人占梦之法占之也。熊果在山，阳之祥也，故为生男。虺蛇穴处，阴之样也，故为生女。"毛亨传宣王的吉梦是"言普之应人"，孔颖达《正义》曰："梦者，应人之物，善恶皆然。"可知梦是悉获感应的途径，而这种感应与人和家的祸福相关，宣王子孙繁盛便是家国的吉祥。

《左传》哀公七年载："初，曹人或梦众君子立于社宫，而谋亡曹，曹叔振铎请待公孙强，许之。旦而求之曹，无之。戒其子曰：'我死，尔闻公孙强为政，必去之。'"这一段安插在宋国包围曹国之后，解释宋国出兵的原因。曹国有人曾梦到许多人商量着灭亡曹国，曹始祖请求拖延到公孙强当政之后，君子们也答应了。天亮后遍寻不见公孙强，这个曹国人就嘱咐儿子死后听到公孙强执政，一定要离开曹国。之后就写到公孙强因为擅弋，而得到曹伯阳的宠信，称霸的策略得到听从，背晋歼宋。宋景公讨伐曹国，曹国从而走向灭亡的结局。曹人的通灵梦有预示的作用，其家躲过一劫。曹始祖在梦中直接点出公孙强的名字，指明他是罪魁祸首。他不求德行天下，而妄图推行霸权政治，最后导致了曹国的灭亡。司马迁谈及此时曾说，"及振铎之梦，岂不欲引曹之祀者哉？如公孙强不修厥政，叔铎之祀忽诸"。除此，《左传》中那些预示战争胜败的梦也都反映了家国灾祥的内容。

《国语·晋语》中记载，虢国将亡的时候，国君梦到国将灭亡。

虢公梦在庙，有神人面白毛虎爪，执钺立于西阿，公惧而走。神曰："无走！帝命曰：'使晋袭于尔门。'"公拜稽首，对曰："君之言，则薄收也，天之刑神也，天事官。"

梦中的神人面部长着白毛，有老虎一样的爪子，虢公丑在梦中就被吓得跑开了，还给神人下拜磕头，醒后自然会召太史占卜。太史说这是西方神蓐收，传达上帝命虢国灭亡之令，主管刑杀。虢国公面对灾祸即将降临的局面，没有反思自己的行为，反而掩耳盗铃，囚禁太史，让国人祝贺这个梦。大夫舟之侨判断"今嘉其梦侈必展，是天夺之鉴而益其疾也"。虢公已然不能以梦为鉴，省察行为，改造毛病，虢国一定会灭亡。这之后的六年虢国就灭亡了。

二、慨叹个人命运

孔子有两则和个人运命有关的浪漫主义故事。其一，《论语·述而》："甚矣吾衰也！久矣！吾不复梦见周公。"这是孔子晚年的状态。孔子心中的圣人是周公，他一心想复周公之道，回到礼乐熏习、天下大治的状况，所以他做梦都梦到周公。没有梦到周公说明他的行道之心有余而力不足焉。孔子周游列国不见作用,内心深处的悲凉都用这个梦境道了出来。周公之世是他的梦想,眼见无法实现,久不梦周公,诉说了理想与现实的差距。

其二,《史记·孔子世家》所载,孔子病了,子贡来探望他。孔子正拄着拐杖在门口散步,说子贡来得太晚了。孔子因而叹息,随即唱道:"太山坏乎!梁柱摧乎!哲人萎乎!"说着流下了眼泪,对子贡说:"天下莫能宗予。夏人殡于东阶,周人于西阶,殷人两柱间。昨暮予梦坐奠两柱之间,予始,殷人也。"孔子说自己是殷人之后,殷人死了棺木停放在厅堂的他梦到自己坐在两柱中间受人祭奠。七天后,孔子就走了。孔子自叹垂垂临老不梦周公,与梦坐两柱间自知大限,均在感叹自身命运的同时,也伤感理想之幻灭。"子不语怪力乱神",孔子的梦境都是就现实中的道不行而说的。

有关于寿命记载的故事。《礼记·文王世子》:"文王谓武王曰:'女何梦矣?'武王对曰:'梦帝与我九龄。'文王曰:'女以为何也?'武王曰:'西方有九国焉,君王其终抚诸。'文王曰:'非也。古者谓年龄,齿亦龄也。我百,尔九十。吾与尔三焉。'文王九十七乃终,武王九十三而终。"这是一则用对话描述浪漫主义的故事。文王问武王做了个什么梦,武王说梦见天帝给了他九颗牙齿。文王问武王对这个梦的看法,武王说可能是您将抚有西方九国吧。文王说不是这样的,与你九龄是你活九十岁的意思,我活一百岁,给你三岁。最后文王九十七岁而终,武王享寿九十三岁。孔颖达《正义》曰:"年寿之数,赋命自然。不可延之寸阴,不可减之暑刻。文王九十七,武王九十三,天定之数。今文王云'吾与尔三'者,示其传基业于武王。欲使武王承其所传之业，此乃教戒之义训，非自然之理。"因为先秦两汉的浪漫主义故事的主体，许多是帝王诸侯，因此个人的祸福也就和家国的灾难有关。

三、了却因果祸福

先秦两汉人非常关注伦理道德，他们用各种道德规范约束自己，比如孝、敬、信、仁、义、礼、俭等，并认为个人行为的善恶将分别招致善果或恶果，对现世人生产生不同的影响。世俗的伦理规范，就是恩怨报应的产生标准。他们将恩怨报应的运行机制寄托于天地鬼神的有知，并且经常在梦中显出效验。

《左传》宣公十五年，魏颗梦结草老人是一则温馨的报恩故事。

初，魏武子有嬖妾，无子。武子疾，命颗曰："必嫁是！"疾病，则曰："必以为殉！"及卒，颗嫁之，曰："疾病则乱，吾从其治也。"及辅氏之役，颗见老人结草以亢杜回，杜回踬而颠，故获之。夜梦之曰："余，而所嫁妇人之父也。尔用先人之治命，余是以报。"

这一段是晋国魏颗在辅氏击败了秦军，俘获了秦国大力士杜回之后。故事中魏颗的父亲魏武子在刚刚患病时，命令他的儿子将宠妾改嫁，病危时又改命魏颗让宠妾殉葬。后其父过世，魏颗经过权衡，认为病重时神志不清的命令不能听从，从而遵循父亲初病时的前命将那个宠妾改嫁了。在辅氏之役中，魏颗看到有个老人打结的草，绊倒了杜回。这使得魏颗获胜，生擒杜回。当天晚上，魏颗梦到那位老人自称是宠妾的父亲，所做是为报答他采用魏武子神志清醒时候的命令，没让女儿殉葬的善行。杜预说："传举此以示教。"揭示作者记录这一故事的目的在于标榜善有善报的观念，宣扬教化温暖人心。

梦中交感厉鬼复仇的故事，读来令人栗栗畏惧，如《左传》哀公十七年：

卫侯梦于北宫，见人登昆吾之观，被发北面而噪曰："登此昆吾之虚，绵绵生之瓜。余为浑良夫，叫天无辜。"公亲筮之，胥弥赦占之，曰："不害。"与之邑，置之，而逃奔宋。卫侯贞卜，其繇曰："如鱼赪尾，衡流而方羊。裔焉大国，灭之将亡。闭门塞窦，乃自后逾。"

浑良夫是孔文子的竖臣，孔文子的妻子是卫庄公的姐姐。浑良夫因长相俊美成为卫庄公姐姐的丈夫，后来拥立卫庄公成为卫国主君。当初二人密谋时，卫庄公曾经许诺"苟使我入获国，服冕、乘轩、三死无与"，特许浑良夫拥有大夫的待遇，并且可免死三次。可是后来卫庄公和太子疾设计杀害浑良夫，仅仅用"紫衣、袒裘、带剑"三项罪名轻易加害了浑良夫。没过多久，卫庄公就在梦中和浑良夫相见了。浑良夫披散着头发，朝着卫庄公的方向大喊："登此昆吾之虚，绵绵生之瓜。余为浑良夫，叫天无辜。"浑良夫用类似于歌谣的方式表白内心的冤屈和愤怒。卫庄公醒后占卜，显示的乃是噩兆。当年十一月，他就被己氏杀人夺玉，梦中索命的征兆得到了应验。

梦中昭示天地鬼神对恩怨的感知，即便没在行为主体自身显现，还是会在行为主体的子孙后代身上显现。《晏子春秋》载：

景公畋于梧丘，夜犹早，公姑坐睡，而梦有五丈夫北面韦庐，称无罪焉。

公觉，召晏子而告其所梦。公曰："我其尝杀无辜，诛无罪邪？"晏子对曰："昔者先君灵公畋，五丈夫罟而骇兽，故杀之，断其头而葬之。命曰'五丈夫之丘'，此其地邪？"公令人掘而求之，则五头同穴而存焉。公曰："咎！"

令吏葬之。国人不知其善也，曰："君悯白骨，而况于生者乎，不遗余力矣，不释余知类。"故曰："君子之为善易矣。"

齐景公在打猎的时候打了个瞌睡，梦到五个男子向北面对他的行帐，说自己没有罪过。齐景公惊醒后召见晏子，他自我反省，询问晏子自己是否杀过无辜的人，才会感通这样的梦境。晏子回答，先君灵公曾经杀了五个吓跑猎物的男子，把他们的头砍下埋在了一起，起名叫"五丈夫之丘"，可能就在这附近。齐景公命人掘地，果真见五头同穴。齐景公叹息了一声，命人将他们重新厚葬。景公本是替其父安葬白骨，赎滥杀之罪。国人不知道梦中五人喊冤的事，反而称赞齐景公仁爱，所以文章结尾感慨"君子之为善易矣"。

四、歌颂高洁美德

从浪漫主义作品中可看到先秦两汉人至诚真挚，尚德尚美的心态。《惜诵》开篇即说"惜诵以致愍兮，发愤以抒情。所非忠而言之兮，指苍天以为正"，这是内心世界最深沉的意念。屈原本身的人格"言与行其可迹兮，情与貌其不变"，言行中可见忠诚，表里如一，也正是崇德向美。宋玉赋中，被如天独厚的美质，"夫何神女之妩丽兮，含阴阳之渥饰"。李善注："言神女得阴阳厚美之饰。"既受天地化育的厚爱，也有"怀贞亮之清兮"美好庄重的品德。汉武帝哀戚李夫人芳魂的逝去，以致"神荧荧以遥思兮，精浮游而出畺"。他的深情不仅仅是因为李夫人的倾城倾国，也有对"嫉妒闒茸"之辈的鄙夷。

《思玄赋》中，作者思谋全身之事，那日日夜夜郁积在他胸中的块垒，依然是仁与义，"匪仁里其焉宅兮，匪义迹其焉追""志团团以应悬兮，诚心固其如结"。无论是宋玉、汉武帝还是蔡邕，对女性倾吐衷情的实质都是一种对美的追求。张衡怀着对先考先妣的敬意思索人生，用他自己的话说就是"精诚发于宵寐"，神灵要他"眷峻谷曰勿坠"，遵守礼仪不要堕落。

先秦两汉的文学里体现的情思与意念，至诚而真挚。《中庸》云："诚者天之道也，诚之者人之道也。"诚是宇宙的内在真理，人处天地间，是"三才"之一，遂要仿效天道，为人亦要诚才能符合天道。《子夏易传》："至诚感神。"《亢仓子》："故至诚之至，通乎神明。"诚表现在文学创作里，就是"修辞立诚"。在朱立元、王文英《真的感悟》中说这种创作观"提出了另一种意义上的艺术真实，即创作主体的真情实感"。这种表述有一定的合理性，却是一种简约化和现代化的解释。实际上，古人说的真诚所包含的内蕴极为厚重，容纳了对宇宙人生之道的体味，绝非"真情实感"这种泛泛之词所能指涉。

当人对于红尘内外的精神力量充满着真诚与感恩，他所向往的一定是美和德。"情动于中，声成文，谓之音。"（《礼记·乐记》）先秦两汉人的文学观，是一种广义的文学观，可以包括所有的物质表现形态。它们都应该体现德，体现美，以此符合天道。当作者的情志郁然，故而积聚巨大的心理能量，这样的能量非为文无法释放。然而，该类主题文学并非普通的情志书写，而是憧憬真善美的重要表述，饱含诗性的智慧，蓄满强大的感人力量。浪漫主义将作者对超凡的精神力量的设想，与最为炽盛的真诚，和个体操行的持守，圆满地熔铸在一起。

五、主张齐物无为

浪漫主义文学是列子和庄子进行哲思表述的重要领域，这是浪漫主义文学最具深刻思想的一类。这一类体现齐物无为内容的浪漫主义文学创撰，立足于人的生理和精神现象的深刻体验，将浪漫主义的特质发挥得十分巧妙，展现了创意的智慧。在神秘缥缈的艺术架构中，窥见万物间的逍遥妙谐。

庄子登上了沉思的精神高处，视无限的大道流行于一切之中，他以道的境界看待一切，包括生与死。《庄子·至乐》篇中，庄子前往楚国，路上看见一具空枯的骷髅，他拿马鞭敲敲他，列举种种死亡原因，问他为何而死。"夜半，髑髅见梦曰：'子之谈者似辩士。视子所言，皆生人之累也，死则无此矣。子欲闻死之说乎？'庄子曰：'然。'髑髅曰：'死，无君于上，无臣于下；亦无四时之事，从然以天地为春秋，虽南面王乐，不能过也。'庄子不信曰：'吾使司命复生子形，为子骨肉肌肤，反子父母妻子闾里知识，子欲之乎？'髑髅深矉蹙頞曰：'吾安能弃南面王乐而复为人间之劳乎？'"普通人求生恶死，而已经死去的骷髅却通过梦的形式阐述了死为至乐的思想，骷髅在庄子梦中现身，并且用对话的形式诉说死亡。

第七章　文学的风格流派与文学鉴赏

　　风格和流派都是客观存在的文学现象。文学的风格是文学作品的审美特征之一，作家作品形成某种风格，这是文学作品具有感染力的标志。作家创作能否形成流派，关系到一定时代文学创作的繁荣。

　　认识和理解文学的风格、流派问题，对于文学创作，研究、分析评价各个历史时代的作家作品，进行文学欣赏，都具有十分重要的意义。

第一节　文学风格

一、文学风格的含义

　　我们欣赏优秀作家的作品，常常产生一些不同的审美感受。有的作家作品如长江大河，波翻浪涌，雄浑壮观；有的作家作品如平湖秋月、透彻玲珑，清新优美；有的作家作品如千峰万仞，巍峨起伏，奇崛峭拔；有的作家作品如回廊曲院，芳草幽径，清雅小巧。为什么会产生这些不同的审美感受？这是由于不同作家作品具有不同风格的缘故。

　　关于文学的风格，中外的文学理论家都有过研究和论述。法国布封说："风格是本人。"德国的歌德说："一个作家的风格是他的内心生活的准确标志。"俄国的别林斯基把"风格"称为"文体"。他认为，风格"是思想的浮雕"。中国从魏晋时代曹丕的《典论论文》开始，就论述到文学的风格问题。他指出"文以气为主力"，所谓"气"就是指作家在作品中体现出来的精神气质。刘勰在《文心雕龙》中用"才、气、学习"概括作家的创作个性，是形成文学风格的主观因素，强调文学风格是创作个性"诚于中而形于外"的产物。陆机在《文赋》中分析了不同文体的风格特点。唐代司空图的《诗品》把文学的风格区分为二十四种，并以形象的语言描绘了各种风格不同的审美特征。直到清代桐城派代表人物姚鼐，论述了文学的"阳刚之美"和"阴柔之美"，都是对文学风格的理论探讨。

关于风格，马克思曾说："真理是普遍的，它不属于我一个人，而为大家所有，真理占有我，而不是我占有真理。我只有构成我的精神个体性的形式。风格就是人。"文学的风格同作家的精神个性有着非常密切的关系。

风格是指作家在一系列文学作品的内容和形式的有机统一中显现出来的艺术特色和创作个性。风格是作家精神独特性的印记，是在长期的创作实践中形成的，有着相对的稳定性。它不仅体现在一些作品中或表现在某些艺术因素里，而且是全部创作中显示出来的总的艺术风貌。

作家的生活实践、性格气质、文化教养、艺术才能、审美理想等方面不同，形成了不同的创作个性。这种创作个性烙印在文学作品里，就表现出不同的创作个性和文学风格。如李商隐和杜牧，都是晚唐诗人，但他们的诗歌在风格上却很不相同。即使描写题材相同或相近的作品，风格还是不同的。如李商隐的《乐游原》："向晚意不适，驱车登古原。夕阳无限好，只是近黄昏。"体现出浓丽中带着忧郁感伤的风格特点。李商隐生在唐王朝内部宗派斗争很激烈的时代，他在政治上、爱情上都很失意，精神抑郁，性格感伤，这种精神个性影响了他的诗歌的风格。杜牧的《山行》:"远上寒山石径斜,白云生处有人家。停车坐爱枫林晚,霜叶红于二月花。"体现了与《乐游原》完全不同的清新明丽的风格。杜牧在唐王朝考取进士,做过官,政治上较适意。同时,他是个风流才子,性格开朗刚直。这种精神个性特点同样影响了他的诗歌的风格。

文学的风格是独特的。每一个成熟的作家都有属于他自己的创作个性和独特的风格,风格表现着作家对社会生活反映和描写的独创性。作家在生活实践和创作实践中一旦形成某一种风格,一般来说比较稳定,是其他人无法复刻的。风格是一个作家的文学创作走向成熟的标志。

二、文学风格的形成和表现

文学风格形成的原因是多方面的,既有客观的因素,也有主观的因素。

第一,一定时代的社会历史条件,是形成文学风格的重要原因。这种社会历史条件主要包括一定历史时代的经济、政治、文化发展情况,特别是一定时代的社会矛盾、阶级斗争、政治状况、社会风习和文学思潮,文学风尚等,这些对作家的文学风格的形成都有着决定性的影响。

第二,作家的生活实践,他的思想、性格、气质、爱好、文学修养、艺术趣味、审美理想等,是形成作家的文学风格的另一重要因素。

第三,作家对前代文学传统的继承和对同时代作家的文学经验的吸收,作家之间的相互影响,是形成作家的文学风格的不可忽视的因素。有成就的作家,总是广泛吸收前代作家的文学经验,同时也注意吸收同时代作家的文学实践经验,融会贯通,化为自己的文学创作的血液,然后才逐渐形成自己独特的风格。杜甫在《戏为六绝句》中说:"不薄今人爱古人,清词丽句必为邻。"这种广泛吸收、融汇,正是形成独树一帜的文学风格的重要条件。

任何作家的文学风格,都可以从以上这些方面找到它的形成的根据。如王维,早年生活在唐帝国的升平时代,深受时代精神和时代风尚的影响,使他在思想上积极进取,具有热情。这时期他创作的诗歌常常表现出昂扬的格调,宏阔的意境。如《少年行》《汉江临眺》等作品,或描绘英雄少年奋发的意气,或表现宏阔壮丽的画面、意境。这时期的作品体现了诗人所处的社会历史环境和条件,也体现了诗人的性格、气质、审美理想和审美趣味。安史之乱以后,唐帝国开始走下坡路,王维这时隐居田庄,焚香信佛,过着一种超脱、闲适的生活。社会历史条件、生活实践、思想、性格、气质、理想、情趣等都起了变化,王维后期的诗歌便表现了完全不同的风格。前期作品中那种飞扬宏阔的风格不见了,代之以闲逸、清幽、恬淡的风格,如《竹里馆》《鸟鸣涧》等。再如李白,他生活在盛唐时代,政治稳定,经济繁荣,文化有很大的发展。李白又有机会漫游了祖国的名山大川,饱览了祖国河山的壮丽景象。这种生活实践造就了李白豪放的性格、气质,形成了李白诗歌那种想象丰富、热情奔放、豪爽飘逸的风格。所以,考察作家文学风格的形成,只有广泛地联系他所处的特定时代的社会历史条件、文化背景,以及作家的个性、气质等因素,才能找到文学风格形成的真正原因和基础。

文学风格通过作品的思想内容和艺术形式,即包括作品题材的选择,主题的提炼,情节结构的安排,形象的刻画,语言和表现手法、表现技巧的运用等表现出来。作家的文学风格,正表现在上述诸方面的独特性。在题材选择方面,鲁迅的小说"多采自病态社会不幸的人们中"。高尔基则把他的视角移向俄国社会生活的底层。孙峻青的小说着力表现战争年代胶东地区的斗争生活。王愿坚的作品描述的是革命战争时期那些可歌可泣的人物和故事。在描绘生活画面方面，李白的诗歌往往用多彩的笔触，借助奇特、丰富的想象，夸张的语言，描绘出一幅幅或使人惊心动魄或令人心驰神往的生活图景。杜甫则运用真实而细致的笔法，反映唐代的现实生活，人民的苦难，流露诗人对人民疾苦的深切同情。在文学语言运用方面，赵树理的描写语言充满山西的乡土气息，老舍的语言有很强烈的京腔，巴金的文学语言洋溢着作家的内心激情。所有这些方面，都表现着作家文学风格的特征和独特性。

三、文学风格的一致性和多样性

（一）文学风格的一致性

文学风格虽然是具有独特性的审美形态，但在阶级社会中，作家是一定阶级的成员，作家的精神个性必然表现着他所属的阶级的某些共性。因此，作家的精神个性体现在作品中形成的文学风格必然带有阶级的色彩，具有阶级的一致性。法国17世纪古典主义戏剧，要求表现人物必须高贵风雅，语言典丽庄重，艺术形式要求完美严谨。古典主义戏剧的风格的共同特点是典雅而呆板，语言具有文采，过分矫饰等。这反映了当时法国上层贵族的生活习气和生活情调，以及上层贵族对古典主义戏剧风格的要求和影响。

阶级一致性还表现在进步作家和代表落后阶级的作家在文学风格上的差异。代表落后阶级的作家作品，往往表现出颓废消极、色调灰暗的风格特点，代表进步阶级的作家作品，往往表现出积极向上的精神和健康、乐观的风格。

鲁迅杂文的风格是精悍、深刻、犀利、幽默、富有强烈的战斗性。郭沫若早期的诗歌，它的风格特点是对黑暗现实的彻底否定，对自由光明的热烈追求，热情奔放，激情洋溢，诗集《女神》就是这种文学风格的集中体现。

文学风格具有民族的一致性。作家受本民族的历史传统和文化传统的影响和教育，形成一定的民族性格、民族感情和民族的审美心理。作家运用本民族的语言和民族的艺术形式，描写和反映民族的生活、思想和斗争，刻画民族性格和表现民族精神，这样的作品就具有民族的特点，其风格就具有民族的一致性。同一民族的作家，不管他们的作品的个性风格如何独特，从总体上说他们的作品都带有民族的特点和民族色彩，在风格上体现出民族的一致性。不同民族的作家，由于描写和反映的民族内容不同，表现的民族形式不同，文学的风格就存在民族的差异。莎士比亚和汤显祖的戏剧，无论表现的民族内容和民族形式，都有很大的差异性。果戈理的小说和鲁迅的小说，植根于各自民族生活的土壤中，表现的民族生活、民族心理、民族性格，运用的语言，叙述的方式，都各不相同。果戈理的小说暴露了沙皇专制下俄国社会生活的黑暗和腐朽，鲁迅的小说也意在揭示旧中国的疾苦，但他们的小说的风格仍然不同。即使是两位作家的同名小说《狂人日记》，也各有其不同的民族风格。这种差异从另一方面说明同一民族作家作品才能具有风格的民族一致性。

地理环境、风土人情对形成文学的民族风格和风格的民族一致性，也有一定的关系。每一个民族，往往较集中地居住、生活在特定的环境中，而且还形成一定的民族风习，这些都影响文学的风格。中国南北朝时期的乐府民歌，是反映中国不同民族生活的作品。从这些作品中，我们可以看到不同的地域风光对形成文学风格的影响。北朝民歌多表现中国北方民族的生活和风俗习尚,展现北方山川原野的地理特点。如《敕勒歌》描绘了中国北方少数民族居住地区的草原风光:"敕勒川,阴山下,天似穹庐,笼盖四野。天苍苍,野茫茫,风吹草低见牛羊。"展现了一幅辽阔苍莽的草原牧区的图画,风格雄浑、刚健、奔放,具有北方民族的生活和居住地区的特点。南朝民歌产生在江南一带,多为汉民族居住地区的民歌,内容多歌唱男女爱情,并常常描绘江南地区的风物和地理特点。如《西洲曲》等作品,风格缠绵、婉转、细腻,充满江南水乡的生活特点和情调。除此之外,描写人情习俗,展现具有民族特点的风俗画,也能使文学具有民族风格,使文学的风格具有一致性特点。如蒙古族的草原赛马、傣族的泼水节、黎族的"三月三"等习俗,对这些富有民族传统的人情习俗的描写,能加强文学的民族色彩,使民族的文学具有较鲜明的共同的风格特点。中国现当代作家如鲁迅、茅盾、沈从文、老舍、赵树理、沙汀、孙犁、欧阳山等,都十分注意在作品中表现民情风俗,因此他们的作品具有浓厚的民族生活气息和鲜明的民族风格。

　　民族风格的一致性还表现在民族的文学形式上。文学的民族形式通过文学语言、结构、表现手法等方面体现出来。每一个民族都有自己的语言,而每个民族的语言在语音、语法、词汇、修辞技巧、表达方式等方面都有不同的特点。汉语言不同于俄罗斯语言,英语有别于法语、德语。运用不同民族的语言写作,便会形成不同的民族风格,运用同一民族语言进行写作,在文学风格方面就具有民族的一致性。其次是结构。同一民族的文学在结构上具有相一致的民族风格特点。中国传统小说在结构上具有鲜明的民族特点,主要是叙述故事有头有尾,情节发展过程联系紧密,条理清楚,不像欧美意识流小说那样情节跳跃性大，甚至没有情节。在表现手法上，同一民族文学也往往具有风格的一致的特点。如中国传统小说刻画人物，多采用传神写意方法，抓住特征，加以勾勒，笔墨简练，人物音容笑貌，跃然纸上，栩栩如生。描写环境不像外国小说那样细致描写风景，而是多用白描。心理描写较少采用外国小说常用的心理分析方法，而是通过人物的行动展现人物的心理。

文学风格还具有时代的一致性。作家作品的风格，受作家生活的那个时代的影响和制约。一定历史时代的社会生活、政治斗争，社会思潮、文艺风尚、审美要求等因素，不仅决定作家的精神面貌、性格特征、审美理想、艺术趣味和创作倾向，也影响着作家作品的思想内容和艺术形式。一定的文学风格的形成和它的变化，同一定的历史时代是紧密联系的。刘勰说："文变染乎世情，兴废系乎时序。"一定的文学内容和形式的兴或废，都决定于时代的演变，文学风格的形成和变化也是这样。文学风格是有时代性的。一定历史时代文学风格为什么形成这样的特点而不是那样的特点，要从时代的发展变化中去寻找原因。正因为这样，同一时代的作家作品，在风格方面存在着时代的一致性。如汉赋的风格特点是极尽铺陈，繁富宏丽。这种风格同时代的影响是分不开的。从西汉建立到汉武帝时期，西汉王朝国力发展到最强盛，经济出现大繁荣的局面。此后很长时间，社会比较安定。在这种安定繁荣的局面之下，封建统治阶级需要一种描写和歌颂繁盛局面的文学作品，于是具有时代风格的汉赋应运而生，出现了司马相如、杨雄等大辞赋家。他们的作品，或描写歌颂汉王朝的声威，或反映帝王的田猎盛况，或描绘当时京都的楼台馆阁园林的宏丽气象。尽管选材有所不同，但内容上大都铺陈夸饰，形式上追求辞藻的富丽，形成一种为封建统治者歌功颂德的繁复宏丽的文学风格。汉赋这种风格的形成，是时代影响的结果。再如汉魏时期的文学，它的风格特点是慷慨悲壮。这种风格的一致性也是时代所决定的。刘勰指出了汉魏之间的文学的风格特点同时代的密切关系，"观其时文，雅好慷慨，良由世积乱离，风衰俗怨，并志深而笔长，故梗概而多气也"。慷慨悲壮、苍凉雄阔的风格特点，体现在汉魏时期许多作家作品中，形成了文学的时代风格和文学风格的时代一致性。

（二）文学风格的多样性

文学风格除了具有阶级、民族和时代的一致性之外，同时具有多样性特点。由于作家创作个性的差异，社会生活的丰富多彩，人民群众文学审美需要的多样性，因此影响文学的风格必然是多姿多彩的。同一时代不同作家的作品，风格彼此不同。不同时代、不同作家作品的风格也不会相同。同一作家的作品，虽然有一种较稳定的贯串在相当一部分作品中的主导的风格，但是优秀作家的生活体验是丰富的，文学才能和文学兴趣往往是多方面的，这些作家的作品往往在一种主导风格之外，还在他的作品中表现出多种不同的文学风格。布封说过，一个作家在他的作品的风格上，不能只有一个"印章"。也就是说，作家创作的文学作品可以有多种风格。特别是那些生活实践和创作道路有较大变化的作家，他们的作品的风格，前后期更有所变化。

例如晋代陶潜田园诗"采菊东篱下，悠然见南山""暧暧远人村，依依墟里烟。狗吠深巷中，鸡鸣桑树颠"。其风格是清新、飘逸。但陶潜也有《咏荆轲》《读山海经》这样豪气纵横的诗歌作品。杜甫的诗歌的主导风格是沉郁顿挫，如《春望》《自京赴奉先咏怀五百字》等作品，代表了这种风格。但杜甫的诗歌也还有其他风格，他的《春夜喜雨》《绝句》《水槛遣心》等作品，就不是沉郁而是秀丽、细腻了。宋代张表臣就曾惊叹杜甫的诗歌既有含蓄，又有奋进；既有清旷，也有华艳；既有穷愁，也有侈丽；既有发扬蹈厉，也有雄深雅健；既有春秋之笔，也有诗人之旨；既有神仙之致，也有佛乘之义。由此可见，一个作家在他的创作实践中形成的风格也可能具有多样性。

文学风格的多样性是文学的规律之一。作家可以根据现实生活中选择的题材和自己的创作个性，创作各种不同风格的作品。

第二节 文学流派

一、文学流派及其意义

文学流派是指在一定的历史时期里，由于思想倾向、文学观点、创作方法、审美理想、审美趣味、艺术特征等方面基本相同或近似而自觉或不自觉形成的作家群体。

文学流派在文学发展过程中具有重要意义，主要表现在以下两个方面。

首先，文学流派可以推动作家的创作。通过自觉结合产生的文学流派，往往有共同的文学主张，发表文学宣言，并且还有发表本流派成员作品的刊物。这样，通过文学流派组织的活动，必然推动流派成员积极按照本流派的宗旨进行文学创作活动。在某一文学流派内部，作家在创作实践上互相倾慕、互相观摩、互相学习，有明确的艺术目标和美学追求。这就有助于作家创作实践经验的吸收和积累，更有利于作家创作水平的提高。

其次，文学流派可以促进作家之间的相互竞争，推动文学的发展和繁荣。

例如孟浩然的山水诗派,岑参、高适的边塞诗派,元稹、白居易的元白诗派,韩愈、孟郊的韩孟诗派等,通过他们的创作进行竞赛,都各显新姿、各呈异彩,互相促进,造成了唐诗万紫千红的局面。宋代的豪放派、婉约派在相互竞争中促进了宋词的发展、成熟和繁荣。

二、文学流派的形成和发展

(一)文学流派的形成

文学流派的形成一般有两种情况。第一种情况,有的文学流派并不是自觉地结合在一起的。既没有成立文学团体,也没有创办出版文学刊物,更没有发表过共同的宣言和主张。而是由彼此间文学观点、艺术风格、审美理想和社会理想等基本一致或近似,从而互相唱和,互相切磋研究,因而他们的创作表现出共同倾向,形成一定的文学流派。

这种不自觉的结合大体有三种表现形式。一是作家彼此之间互相接近形成文学流派。如唐代白居易和元稹,彼此间友谊深厚,文学见解接近,他们创作的诗歌倾向于平易浅近,所以被称为"元白诗派"。二是某一著名作家的文学见解和作品,引起同时代许多作家的倾慕和追随,他们聚集在这位作家周围,学习他,模仿他,创作体现了大体一致的风格,于是形成了一定的文学流派。如唐代韩愈、孟郊为代表的"韩孟诗派",他们的文学风格共同倾向于奇险冷僻。宋代以黄庭坚为代表的"江西诗派,也是这类性质的文学流派。黄庭坚在文学观点上主张写诗要做到"无一字无来处",要在前人的基础上"点铁成金""脱胎换骨"。这一流派的诗歌往往典故连篇;三是同时或不同时期先后成名的一些作家,由于文学风格相同或近似,被当时或后人称为一个文学流派。如唐代孟浩然、王维先后成名,都擅长写五言体的山水田园诗,用细腻笔触描绘大自然景物和田园村庄的风光。风格清幽恬适,意境幽美,被后人称为"王孟诗派"。再如唐代由岑参、高适为代表的"岑高诗派",或称"边塞诗派"。他们对边塞大漠的自然风光和军旅生活比较熟悉,多写反映边塞生活的诗歌。文学风格共同倾向于雄迈高亢、苍凉悲壮。高适的《燕歌行》、岑参的《白雪歌送武判官归京》很能代表这个文学流派的风格。王之涣也属"边塞诗派"诗人,他的《凉州词》描写古代凉州一带荒凉辽阔的景象和表现戍边将士的思乡情绪,苍凉雄阔,幽怨惨恻,有着很浓的边塞诗派的特色。

文学流派形成的第二种情况,是一部分作家自觉的结合。他们成立一定的文学组织,发表共同的文学主张,出版一定的文学刊物,组织同一流派的作家参加一定的文学活动。中国现代文学史上,五四运动时期发起成立的"文学研究会""创造社",就是这种性质的文学流派。"文学研究会"由茅盾、郑振铎、叶圣陶、谢冰心等作家组成。他们主张"为人生的艺术",用现实主义的创作方法创作。"创造社"由郭沫若、成仿吾、郁达夫等作家组成。他们主张"为艺术"和浪漫主义,提倡"革命文学"。此外如"新月派""民族主义文学""论语派"等,都属于这种性质的流派。

(二)文学流派发展的影响因素

文学流派是时代的产物,它总是在一定历史阶段上,适应一定的时代、社会需要而形成。例如五四运动时期的新诗流派——湖畔诗派,为什么能够形成？这是和五四运动时期反帝反封建的时代精神和时代影响分不开的。冯雪峰、汪静之等青年人，聚集在西子湖畔，吟咏青春，歌唱爱情，表现一种纯真深挚的感情。这一文学流派之所以能形成并具有这种共同特色，显然同当时反抗和摆脱旧礼教、旧婚姻观念的束缚的时代要求密切相关。没有这种时代环境和时代精神的影响，就不会产生湖畔诗派。山西小说派（又称"山药蛋派"）也是这样。这一文学流派形成于1942年延安文艺座谈会之后，以作家赵树理为代表，他们遵循文艺为工农兵的方向，深入实际，反映农民的斗争生活。他们的作品以小说为主，特别是短篇小说最具有代表性。他们的小说追求"土气"，即追求民族性，要求通过作品体现为人民群众喜闻乐见的中国作风和中国气派。它们的风格特点是：浓郁的山西农村的生活气息，语言通俗、生动、幽默，故事性强，情节脉络分明，特别能为群众所乐于接受。这样的文学流派的形成，同时代要求息息相关。

文学流派既然是一定历史时期的产物，因此文学流派的发展变化，首先决定于社会的发展变化。形成某一文学流派的社会历史条件和生活条件不存在了，这一文学流派也就不容易继续存在和发展下去，必然逐渐消失。文学史上产生过众多的文学流派，今天已不复存在，就充分说明了这一点。五四运动以后的湖畔诗派，随着时代的发展，青年诗人的兴趣发生了不同的变化，创作也有了各自新的特点，于是原来的诗派就不再存在，自行消失。"小说研究会""创造社"也是这样。

文学流派要随时代的发展而演变，在保持文学流派原有的基本特色的基础上，不断适应新的时代、社会的要求，进行革新和突破，丰富原来的文学流派的特色，适应人民群众新的审美要求。只有这样，一定的文学流派才能够继续存在、发展。"白洋淀派"起源于抗日战争时期，形成于解放战争和中华人民共和国成立初期。这一文学流派主要描写河北农村，特别是冀中平原、运河水乡的生活，以小说创作最有代表性。孙犁的短篇小说《荷花淀》是这一文学流派最早产生的有代表性的作品。这一文学流派相同或相近的风格特色是：反映农村生活，着力描写风俗画和乡土风情，色彩明丽，充满清新的气息。但从20世纪50年代中期以后，经过二十多年的曲折发展，这一流派的作家的生活和思想感情，有了很大变化。从维熙不但写诗情画意的作品，也写生活的悲剧，同他50年代的创作情调和气息有所不同。刘绍棠、韩映山还致力于写家乡。刘绍棠仍然坚持乡土文学，写他的运河家乡的田园牧歌，基本上保持50年代发表《夏天》《运河的桨声》的创作特色。但社会生活的变化，作家的心境、气质、视野都有不同的变化。"荷花淀派"在保持原有若干特色的同时，在创作中力求有所创新。这说明固守原有流派的特色是不行的，只有在保持原来流派若干特色的前提下，随社会发展而发展，文学流派才能适应新的时代、新的生活，才有可能继续存在。不然，只固守不变，就会如同历史上的一些文学流派那样，被社会发展淘汰。文学流派形成之后，延续的时间有长有短。有的文学流派延续的时间较长，几十年或数百年。例如江西诗派产生于北宋后期，一直延续至元代初期，长达两百年之久。宋代的"豪放派"延续的时间也较长。延续时间的长短，决定于时代的发展、作家的艺术实践，人民群众的审美需求。文学史上没有哪一个文学流派一旦形成，便万古不变，长存不衰。

文学流派是文学发展过程中存在的一种历史现象。现代欧美形成的形形色色的文学流派，如象征主义、存在主义、新小说派、荒诞派戏剧、意识流小说、未来主义、达达主义、超现实主义、黑色幽默派等，都有其深刻的时代的、社会的、历史的、文化的原因。文学流派固然应当提倡、促进、扶植，但以一定社会历史发展和文学发展条件为前提，硬性拼凑是不能奏效的。一定的文学流派的形成、发展、衰亡，新的文学流派的出现、更替，是文学流派变化发展的必然规律。

三、文学流派与创作方法、文学思潮

文学流派同一定的创作方法往往互相联系。同一文学流派的作家，一般都采用同一创作方法进行创作。中国现代文学史上的"文学研究会"和"创造社"，是两个不同的文学流派，在创作方法上有两种不同倾向。"文学研究会"的作家主张写人生疾苦，真实描写社会生活。因此，他们都采用现实主义创作方法进行创作。"创造社"的作家着眼于现实，但又不满于现实，对现实的黑暗进行诅咒和反抗，向往光明。他们在创作上倾向于浪漫主义。"山药蛋派"和"荷花淀派"，都采用革命现实主义创作方法。以戴望舒、李金发为代表的"象征派"，则运用象征主义的方法进行新诗创作。一个文学流派共同倾向于某一创作方法，但不同文学流派也可以采用同一创作方法。中国唐代许多文学流派如元白诗派，王孟山水诗派、岑高边塞诗派等，虽然流派各不相同，文学风格各异，但基本上还是采用现实主义创作方法。欧洲19世纪产生的积极浪漫主义和消极浪漫主义，是两个不同的文学流派，但就其运用的创作方法来说，同属浪漫主义。所以，采用同一创作方法，也可以形成许多不同的流派。

文学流派同一定的文学思潮也关系密切。文学思潮是指在一定历史时期内随着经济的变革和思想政治领域的斗争而在文学上形成的某种倾向和潮流，是一定历史时期在文学界有着广泛影响并且成为某些作家群和理论批评家们所追求和实行的文学主张和创作倾向。文学流派一般是一定历史时期文学思潮的产物，如欧洲19世纪的浪漫主义运动和文学思潮，产生了积极浪漫主义和消极浪漫主义等文学流派。中国五四文学运动和文学思潮也孕育了众多的文学流派。在文学思潮特别活跃时期，文学流派更容易形成和出现。

文学流派一般是一定历史时期文学思潮的产物，但这只是"一般"而言，不是绝对的。在文学史上，某些流派仅仅是某些作家在艺术观点、艺术趣味、审美理想上的相同或相近，在文学作品中形成相同或相近的风格，从而形成一定的文学流派。还有许多不是由作家自觉结合，而是由后人根据某些作家群体的创作表现出来的风格特征，总结确定的文学流派，就不一定是文学思潮的产物。因此，文学流派同文学思潮既有联系又有区别，不能把它们的因果关系绝对化。

第三节　文学鉴赏的性质和意义

一、文学鉴赏的性质

文学鉴赏是指人们在阅读文学作品时所产生的一种审美精神活动。这种精神活动是读者借助文学语言媒介，通过想象、理解、情感体验等心理机能的综合活动，把作品形象转化为审美意象，并加以感受、体验和回味，从而获得美感享受的愉悦，领悟到作品蕴含的思想感情，这就是文学鉴赏的过程。

文学鉴赏是具有审美特性的精神活动，它与阅读科技、哲学、社会科学等语言作品，或进行其他艺术鉴赏活动以及作家的文学创作活动，有很大的区别。为此，我们要注意把握以下几点。

第一，文学鉴赏作为一种审美的认识活动，区别于一般的阅读科技、哲学、社会科学等语言作品的认识活动。文学鉴赏的对象是文学作品，它与诸如科技、哲学、社会科学等一般语言作品的区别在于，后者不是表达人们对生活的感受、体验、憧憬等种种微妙独特的情绪，而是用逻辑的、理性的语言来表达，用事实材料来推论、证明，从而得出科学的结论。而文学作品则是用形象的、感性的语言来表达，用艺术形象感染人，给人美的享受。因此，这就决定着一般的阅读，是读者通过对语言符号的感知和对事实材料的理解，正确地认识文章所反映的客观事物及其意义，这是一种以理解为中心的抽象的思维认识活动。而文学鉴赏则不同，读者所直接面对的语言符号，是作品内容的载体，所鉴赏的是由这些语言符号传达出来的形象画面，并在此基础上，通过艺术想象和联想，加以综合领会、感受，从而把握作品的意蕴，得到美的愉悦与美的价值判断。所以，文学鉴赏的过程包括对所读作品的感受、体验、判断和评价，是一种情感活动和认识活动交融一体的心理过程。当然，这种过程基于一般阅读理解的认识活动，一般阅读往往以读懂为目的，而鉴赏是在读懂的基础上对作品进行整体的体会和感受。

第二，文学鉴赏作为一种对语言艺术的特殊审美活动，区别于其他艺术鉴赏活动。其他艺术鉴赏活动，比如对绘画、音乐、雕塑、舞蹈等艺术品的鉴赏，由于是以色彩、线条、音响、旋律、动作等有色有质的感性材料为艺术媒介的，这些感性材料本身即是被鉴赏的对象。比如一首贝多芬的《英雄交响曲》，我们欣赏时听觉辨析出来的抑扬顿挫、轻重缓急的音律，本身也就是听众放逸心智，驰骋想象的鉴赏对象。而对文学鉴赏来说，文学是一门语言艺术，所以文学鉴赏是以"语言符号"为媒介的。然而这些"语言符号"本身却不是被鉴赏的对象。文学鉴赏对象是指作品的语言符号所传达出来的形象内容，如某种人物形象、某个场景、某种情境（意境）、某种情绪、某个事件等。另外，文学鉴赏的具体过程与其他艺术鉴赏也有差别。其他的艺术鉴赏，比如绘画、雕塑，首先是从整体上把握对象开始的，观赏者一眼看到的是画面形象的总体，然后才逐渐从整体转到局部细节，再由局部重新综合到整体，而文学鉴赏只能从个体（部分）上感受对象开始，然后通过一个个意象的再造与组合，由部分到整体去把握作品。

第三，文学鉴赏作为一种审美意象再创造的审美活动，区别于文学创作的活动。从整个文学活动的全过程看，文学创作以创造文学形象为目的，而文学鉴赏是以作品的艺术形象为对象的审美再创造活动。文学创作的艺术创造性目的非常明确，要求作家将生活中的原材料加以集中和提炼，在自己头脑中构思成审美意象，然后凭借语言符号将它凝定于独创的艺术形式之中，外化为具有固定形态和样式的全新的艺术形象。而文学鉴赏一般不包含创造新形象的目的，主要是沿着作品的形象所暗示的轨迹，展开再造性想象，根据作品语言所描述的人物、场景来想象他们的状态和命运，在自己的头脑中重新构造审美意象。因此，文学鉴赏活动是内在的，它主要凭借语言文字作为外在的物质材料，借助一种大体上定型的文学形态和艺术形象，在文学鉴赏中它主要表现为鉴赏者的思想感情随作品情境而变化的一系列不定型的心理活动。例如，虽然林黛玉作为客观存在的，可感可知的艺术形象是同一的，但在不同鉴赏者心中，必然幻化为多侧面多层次的不定型的鉴赏形象。正如鲁迅所说："从文学上推见了林黛玉这个人，但须排除梅博士的《黛玉葬花》照相的先入之见，另外想一个，那么恐怕会想到剪头发，穿印度绸衫，清瘦，寂寞的摩登女郎或者别的什么模样，我不能断定。但试去和三四十年前出版的《红楼梦图咏》之类里面的画像比一比，一定是截然两样的，那上面所画的，是那时的读者心目中的林黛玉。"

二、文学鉴赏的意义

（一）是实现作品社会作用的必要环节

马克思在《〈政治经济学批判〉导言》中曾经指出，只有在消费中产品才成为现实的产品。马克思阐述的"产品—消费"关系的理论深刻地揭示了消费对于产品成为现实产品的意义，其深刻的道理同样适用于作为文学消费活动的文学鉴赏。因为任何作品不进入鉴赏领域只能作为一种自在的潜能存在，实现不了其内在的审美价值和社会作用，不能成为现实作品。只有在接受活动中，它才能产生影响和作用，成为"现实的存在"。例如，当我们阅读《红楼梦》时，通过对语言文字的阅读和感受，便在各自心灵中映出林黛玉、贾宝玉等大观园人物的形象。只有这时，这部小说才成为现实的作品，具有美学价值。否则，它就会像海涅所说，他的《诗歌集》在一个老太婆手里会成为烟丝的包装纸。

不仅如此，文学作品如不能被人阅读，其社会作用也无法实现。读者通过阅读活动，往往引起感情共鸣，内心为之感动，并获得某种情感困验和生活经验，扩大生活阅历，开拓视野，将人们从一种生活实践的适应、偏见和困境中解脱出来。通过对世界、对人生的新的理解从而又反作用于人的社会行为。只有这时，文学的社会作用才会得到圆满实现。从这个意义上说，文学鉴赏是实现文学作品潜能和文学的社会作用的必要环节。

（二）是推动和制约文学创作的重要力量

首先，读者的文学鉴赏需要，是推动文学创作的一种巨大力量。作家创作文学作品的目的是满足鉴赏者的需要，如没有一定的鉴赏需要，作家创作作为一种创造活动也就失去了存在的前提。其次，从文学活动全过程看，作家不仅是作品的生产者，同时也是作品的鉴赏者。因为任何一个创作者在其成长的过程中都有大量的鉴赏实践，他们不仅通过文学鉴赏获得丰富的艺术养料，而且自身也通过不断提高艺术鉴赏力来推动自己的文学创作。事实上，作家作为特定时代的一个社会成员，他的鉴赏水平，诚然要比一般读者高些，但他同样受到同时代读者整体鉴赏需求的制约。就一部具体的作品来说，鉴赏固然发生在创作之后，但就一个时代的文学活动而言，读者对文学的审美要求和社会评价，往往对创作发展产生重大而深远的影响，其主要表现有三种情况：一是文学鉴赏的信息会影响同一作家的后继之作；二是反馈的信息会对作品再版时的修改产生影响；三是反馈的信息会使其他作家的创作受到影响。

（三）文学鉴赏是文学批评的基础

在文学活动领域中，鉴赏者可以不是批评家，但批评家则首先应是鉴赏家。文学批评首先必须通过文学鉴赏，充分感受艺术形象，完整地把握艺整体，才能在此基础上进行理性的批评活动。文学鉴赏是文学批评的起点，也可以说是文学批评的第一阶段。任何文学批评只有建立在文学鉴赏的基础上才能揭示艺术形象所蕴含的思想意义，才能对作品作出正确的、恰如其分的评价。因此，文学批评家首先应是一个优秀的文学鉴赏家。很难设想，一个缺乏必要的艺术感受力和审美判断力的人会成为一个优秀的批评家。另外，文学鉴赏对文学批评也具有一定的舆论影响作用。文学是大众的、群众性的事业，批评家首先应该认真地对待群众的鉴赏倾向和要求，在群众性的鉴赏舆论影响下，做好读者"代言人"的工作，不断提高批评水平。

第四节 文学鉴赏的基本规律

一、文学鉴赏的心理过程

文学鉴赏是人们的一种精神活动，是感知、想象、情感体验等一系列复杂的心理活动相互交织的动态过程。在这个过程中，其心理过程一般可分为三个阶段。

一是初始阶段，亦称准备阶段。是读者拿起一部小说或一首诗歌将读而还未读的时候，所具有的必要的心理准备，也即读者为鉴赏所进行的必要的心理调整，进入审美状态。文学鉴赏是一种主动、积极的精神活动，它来自人的文学鉴赏的精神需要。这种需要使读者唤起一种文学期待欲，它是指一种模糊的期待，一种读者自觉不自觉怀有的精神上的渴求。有的读者是希望在文学名著鉴赏中寻取一种美的享受；有的是在紧张的工作之余，用小说来放松一下，有的是希望拿起小说来消遣自娱。这样，读者的心理准备状态与鉴赏对象一旦遇合、碰撞，文学期待就从模糊趋于明晰，从朦胧趋于定向选择。这时，读者的全部心理活动都集中指向作品的情节和情景，开始了文学鉴赏活动。

二是实现阶段，又称心理综合阶段。它指的是在期待与注意的驱动下，鉴赏者充分调动联想、想象、情感、理解等心理机能，融入审美经验，形成审美意象，初步领略作品的意蕴，这是文学鉴赏的发展和深入。

在文学鉴赏中，读者首先面对的是可感知的语言信息，运用自己关于语言的知识和关于社会的知识加以理解。在初步理解的基础上，读者并不诉诸逻辑思辨的抽象思维，而是让想象力直接参与活动，实现从文学语言到意象世界的转换。当然这种想象活动开始并不是那么自由、确定的，它还受读者对作品"文本"初步理解的制约，它在读者的心中所唤起的也仅仅是彼此不连贯的独立想象。如读一句"红杏枝头春意闹"，所唤起的是与符号概念相对的三个单一意象，红杏如火，枝叶泛绿，春意盎然。当然，这些意象还不是鉴赏对象的审美意象，其形态还是语义的抽象概念和零碎、单一的表象混合物。但随着阅读活动的充分展开，读者头脑中的意象越来越清晰、鲜明，而每个意象给予读者的情感体验和享受也越来越强烈、深入。红杏所唤起的是一种热烈奋发的情感体验，枝叶泛绿所激起的是冷静、平缓的情感感受，春意盎然则使人体会到松弛、舒展、新鲜的情调。这样，读者的理解就会逐步加深，想象就会进一步向广度和深度发展，各个意象之间的情感逻辑联系和深层关系也就逐步明朗和确定起来，一些单一的意象也就在想象中以新的方式组合成一个完整的意象。因此"红杏枝头春意闹"就在读者头脑中表现为"群芳争艳，万物复苏"的春天的整体意象，读者也凭借敏锐的直觉感受体会到一种自由的、生机勃勃的热闹喜庆的情感。由此可见，文学鉴赏的实际过程是通过对一个一个文字符号的理解，通过一个个意象的再造，调动了包括理解、想象，情感在内的众多心理能力，形成了一种主动的心理综合过程。

三是高潮阶段，亦称心理效应阶段。它是文学鉴赏的极致，鉴赏者进入入迷、忘我的境界，产生豁然贯通的顿悟之感，在对象中迅速地把握作品深邃的意蕴，获得相当愉快的审美享受。

在文学鉴赏中，读者一旦通过心理综合形成审美意象之后，便又会回过头来感知审美意象。但此时的感知与再现审美意象时的感知已截然不同，这种感知是建立在心理综合之后的感知，是对意象的反复玩味和回返观照。中国古代文论所说的"须是沉潜讽诵，玩味义理、咀嚼滋味、方有所益"，强调读者要运用心灵去体验、回味与思索。也就是说，读者让审美意象久久在心里盘桓，使联想和想象呈现出异常活跃的局面，与此相关的各种人生经历和阅读经验（它很大程度上表现为表象记忆和感情记忆），都被想象调动起来。当这些过去的心理经验与作品内容相结合的时候，读者心中往往会突然间发出一种从未经历过或思索过的人生感受，产生一种豁然贯通的关于人生真谛和美的体验。这一心理状态实质上是一种审美领悟，常表现为一种审美直觉，即鉴赏者不需要经过理性分析、比较和综合，突然间感到自己的体验与作品的某些方面契合无间，与作者心心相印，或掩卷欣然而笑，或情不自禁地发出悠长的叹息。这时读者常常伴随着心理上的一种震慑感，自己仿佛突然超拔于作品之上，俯视和把握了对象，获得一种最强烈、最深邃的美感享受和精神满足。陶渊明在《五柳先生传》中说："好读书，不求甚解，每有会意，便欣然忘食。"李白在《翰林书言怀呈集贤诸学士》中说："片言苟会心，掩卷忽而笑。"就是指的这样一种审美境界。

文学鉴赏过程中的心理效应，往往在情感趋向高潮时就产生了，并持续到鉴赏过程结束以后。在这个过程中，常伴随着读者的审美判断。这种判断，通常不是逻辑推论，而往往是读者在对作品的共鸣和全部身心都沉浸在作品意境状态中做出的情感判断。随后，读者便从作品的思索回味中使感情逐渐缓解下来，转入一种更深沉状态的凝神思索。这时，思维开始脱离其形象，并极力用概念去对作品做出理性的评价，从而进入文学批评领域。至此，文学鉴赏活动也就告一段落。但是，读者在阅读中获得的人生感受和情感陶冶，它会深深渗透在心灵深处，对读者的内心世界发生潜移默化的心理影响，极大地丰富了人类的精神生活。

二、文学鉴赏的基本特点

（一）文学鉴赏是一种主动的创造性精神活动

读者阅读作品，首先必须对句子的表面结构加以理解，才能获得负载其上的意象和情感信息，然后把作品给定的各种信息加工成完整的形象系列，实现对作品内容的再现，但是文学鉴赏不仅局限于再现。在阅读过程中，读者一旦对作品内容有了一定程度的认同之后，便马上不满足于对象对自身的束缚，心理活动由被动的状态转化为积极主动的状态，呈现为一种复杂的创造性心理过程，表现为以下两个方面。

第一，对鉴赏客体而言，表现为以作品为对象的审美意象再创造。在文学活动中，文学作品既是创作的终点又是鉴赏的起点。那么，文学鉴赏为什么需要再创造呢？这是由作品本身的性质所决定的，因为作家创作既是一种客体的存在，如果没有鉴赏主体的介入，它们就是一页页毫无意义的铅字。同时作品本身各部分关系结构之间也存在着"模糊的空白"，它需要鉴赏者靠心灵去感受，对作品进行必要的补充和再造。因此读者的文学再创造活动，实际上就是读者调动想象、情感、理解等心理能力，借助审美经验对作品"空白""不定点"进行"填空"和"具体化"，也就是作品新的信息与读者过去的审美经验相结合，在心中形成审美意象的过程。在这个过程中，作品对象被主观化了，鉴赏主体方面的意象与作品中的形象就不是同一个事物了。所谓"一千个读者就有一千个哈姆雷特"，就是这个道理。

第二，对鉴赏主体而言，表现为鉴赏心理结构增添了新的内容。在文学鉴赏活动中，不同的鉴赏者在不同时空条件的情境中，其美感效应往往是很不相同甚至相反的。这与读者的鉴赏心理结构密切相关。但是，其鉴赏心理结构也不是一成不变的。任何个体的鉴赏心理结构都是历史的产物。它可以说是浓缩了个体审美鉴赏活动的全部历史经验，既是这一次鉴赏的起点又是个体全部鉴赏活动的结果。因此，每一次读者阅读鉴赏文学作品的过程，也是读者接受作品文本提供的新信息，使鉴赏主体改变原有的审美心理结构，增添新的审美经验的过程。

总之，文学鉴赏既不是受作品文本刺激的被动反映，也不是原有审美经验的表现，它是新的作品刺激与原有的经验相结合的结果。文学鉴赏过程，就是读者一种主动的创造性过程。

（二）文学鉴赏是一种表象运动的思维过程

文学是一门想象艺术，无论是文学创作或是文学鉴赏都离不开以表象为中介的联系，想象活动要服从表象运动的规律，表象运动既是作家进行文学创作的心理活动形式或过程，同样是读者进行文学鉴赏的形式或过程。

所谓表象，是指物体不在面前的心理复现。但它本身不是客观形象和客观物象的直接翻版，它作为物体的抽象似物的再现，具有一定概括性，同时它总是随着客观条件的变化而不断改变形态，或者是在选择，在分解，或者是在集中，在融合，总是处于极不稳定状态。正是表象特殊的概括性和可变性，使人的思维活动在许多情况下可以依靠表象运动的方式来完成，这已经为思维科学、美学特别是现代心理学所阐明。德国格式塔心理学对此作了大量证明，认为人们感知到一种形象（不管是知觉形象，还是内心意象）就有了抽象活动，并不是对物理对象的机械复制，而是对其总体结构特征的主动把握。因为，人类的知觉和表象能力是在漫长的生物进化和社会进化过程中发展起来，能够逐渐确切地把握外界事物的突出结构特征，所以它本身具有自我选择和创造的综合功能。当我们感知到任何知觉形象或内心意象时，立刻就在头脑中与个人原有的全部心理经验相融合，形成某种新的整体表象。

文学鉴赏的表象运动虽然是非逻辑性的，但是在每个意象之间都有内在的联系。在鉴赏中，文学语言所描绘的每个意象为后面的意象提供依据，而后一个意象在前一个意象的基础上表达更多的信息。每一意象之间相互包容、相互综合，最终构成一个意义完整的新意象。当然这种表象的运动不是理性思维中的逻辑思辨，任何脱离具象的抽象概念，在文学鉴赏中是没有自己地位的。因为,逻辑思辨是建立在概念基础上,而文学鉴赏是以表象运动为中介的。所以说文学鉴赏是一个表象运动为中介的思维过程。

(三)文学鉴赏是一种审美的情感活动

文学作品的情感寓于它的感性形象中,而这些感性形象是满溢着情感的载体,同时也是文学阅读的鉴赏对象。因此这就决定着文学鉴赏在本质上说是一种鉴赏者与鉴赏对象结成的一种审美的情感关系,在这种关系中,情感决定着主体对作品的评价以及主体获得审美享受的多寡与强弱。所以,文学鉴赏是一种审美的情感活动。

在阅读作品时,人们的情感活动是通过将作品的情感变成自己的情感体验而实现的。鉴赏者面对的是作品,创作者本人的情感已物化于作品之中。但是作品本身又不含有作为心理现实的情感,它所有的只是作为感性形式而存在的情感信息。而要实现文学的情感交流,就必须把作品中所含的情感转化为鉴赏者的情感。这一转化要读者对作品的情感进行体验。一旦读者在作品信息的诱导下,设身处地去接受作品中的情感,使作品的情感信息变成自己的真实情感活动时。读者就进入了角色,步入鉴赏的境地。这正如法捷耶夫在《论作家的劳动》中所说:"譬如你们读某某作品,读了头几页,你们只是在理智上接受它,它们并没有打动你们的情绪,可是忽然之间,就像艺术家弹动了一根弦,一切跟着响了,内在的诗意出现了,艺术家把读者引入自己的主人公的体验,以致读者就开始和主人公共同体验,于是读者就为之愤怒、流泪、激动、欢笑。"

当然,文学鉴赏单是有情感体验,还不能说就已达到审美境界。因为作品的情感无论有多大的艺术感染力，鉴赏者在受到感染时，是不应当被那种情感所控制和支配的。我们应该从情感体验上升到对它的回味，才能保证鉴赏者脱离日常生活中情感体验的自然状态而进入审美境界。例如，当曹雪芹撰写《红楼梦》发出了"谁解其中味"的慨叹时，他是期待读者既能体验到他的"一把辛酸泪"痛苦情感，更能解到其中之味的。贾宝玉和林黛玉的爱情悲剧，我们在鉴赏时不仅会产生对作品所含之情的同感，而且我们还会想一想贾、林的凄苦痛楚的情感对他们意味着什么，对我们又有什么启迪。这样，我们便从情感体验中超越出来，进入一种冷静虚涵的最佳审美状态，获得一种审美享受的特殊愉悦。

三、文学鉴赏中的共鸣现象

共鸣，本是物理学名词，是指两个物体的两个频率之间发生的共振现象。把这一概念借用到文学鉴赏中来，是指读者被作品中的艺术形象深深感动，激起了与作品中的人物相同或相类似的感情，爱作者之所爱，憎作者之所憎，喜人物之所喜，忧人物之所忧，这就是鉴赏中的"共鸣"现象。共鸣是在鉴赏者的感情和作品表达的感情具有一致性的基础上而产生的审美情感活动。鉴赏者已有的心理经验和情绪记忆，在鉴赏的共鸣中起着重要作用。在鉴赏者沉潜于共鸣的情感之中时，他会击掌赞叹，拍案叫绝，"觉得那个艺术品不是其他什么人所创造的，而且觉得那个作品所表达的一切正是他很早就已想表达的"。正是由于作品所蕴含的情感信息同鉴赏者审美心理结构储存的情感信息相互协调，相互契合，才使读者不知不觉地进入艺术共鸣的境界。

鉴赏活动中的感情共鸣一般可分为共时性和历时性两种。所谓共时性共鸣，就是指作品一问世所引起同时代鉴赏者的共鸣。在同时代的文学活动中，人们渴求文学更加迅速及时地触及时事，直面人生，把刚刚发生的事情及其在人们心灵中荡起的涟漪波纹不加掩饰地呈现出来。这类作品往往是反映时代、贴近生活、接触当前人们所关注的重大问题，作品所表现的情感与同时代人的情感是合拍的，因而会引起强烈的共鸣。所谓历时性的共鸣，是指过去时代的作品在后代的读者中引起共鸣。例如，岳飞的《满江红》表现了强烈的爱国主义情感，因而在抗日战争时期，引起了广大读者的传诵和共鸣。产生共鸣的原因很多，一般说来有三种情况：一是社会矛盾类同，二是生活处境相似，三是生活体验相同。当然，"共时性"与"历时性"的共鸣不是孤立的，是有继承关系的。当代读者从当代艺术作品中所激发的情感，离不开历史以及民族文化心理的积淀。而历代作品仍能引起后代读者的共鸣，正是民族情感或共同人类情感相通的体现。不论是"共时性"共鸣或"历时性"共鸣，都是因为作品中所传达的情感与鉴赏者的情感相似或相同，倾向一致而引起的。

第八章 文学批评

文学批评是整个文学活动的一个重要组成部分,它可以是对作家、作品的评价,也可以是对文学运动、文学思潮以及各种文学流派的研究,还可以是对文学现象中带有规律性问题的探讨。要从事文学批评,就必须学习文学批评的理论,理解文学批评的性质、任务和作用,掌握文学批评的基本标准和主要方法。

第一节 文学批评的性质和作用

一、文学批评的性质

文学批评是指在文学欣赏的基础上,根据一定的美学观点和历史观点,对各种文学现象特别是对文学作品的研究、分析和评价活动。文学批评的这种属性,是由文学批评的对象和它本身的特征决定的。文学批评的对象,所涉及的范围十分广泛。一切文学现象,都是文学批评的范围和对象。但是,一切文学现象都是在文学创作的基础上产生和形成的。文学创作实践,是最根本的文学实践。因此,文学批评的主要对象是作家和作品。文学批评就是在研究分析上述文学现象——主要是作品的基础上,探求和总结规律性的东西,并把它上升为理论,然后再回过头来指导文学实践活动。

文学批评和文学欣赏既有共同的地方，也有区别之处。共同的地方是两者都以文学作品为对象，且都包含了评价的内容。但两者的区别是明显的：文学欣赏的对象只限于文学作品，文学批评则包括以文学作品为主的一切文学现象。更重要的是，文学欣赏是文学接受的初级阶段，是一种审美享受活动，它虽然也包含了一些感想式的、零星的、点滴的议论和评价，具有理性批评的成分，但它主要还是一种感性活动。文学欣赏中的评价往往是在欣赏者审美情感激荡中的评价，这种评价是朴素的、自发的，很难达到科学认识的高度。文学批评则不同，它以文学欣赏为基础，但又不停留在审美欣赏的感性阶段，它是文学接受的高级阶段，它的接受过程是一种伴随着形象思维的理论思维活动的过程。也就是说，它在文学欣赏的基础上，从感性活动入手，经过概念、判断、推理等理论思维，达到对批评对象的理性认识。正如别林斯基所说，"批评"这意味着要在个别的现象里去探寻并显示该现象所据以出现的一般的精神法则，并且要确定个别现象和它的理想之间的生动的、有机的关系密切到什么程度。这就是说，文学批评较之文学欣赏，负有更高的任务，它要通过个别探求一般，即通过个别作品或个别文学现象的评论，上升到探求一般的精神法则，即探求艺术规律。这就清楚地表明，文学批评具有不是纯粹抽象理论的性质，而是兼有审美性和科学性相统一的特点。正如苏联学者鲍列夫、斯达费茨卡娅等人说的，"批评按其本性来说具有两面性，它是一门边缘科学"，它"一方面具有某些自己的职能和文学特点的方式，而另一方面则是科学的特点和方式"。

文学批评还具有社会批评的性质。这是因为文学批评的对象——文学作品是一种特殊的社会意识形态，它以形象反映社会生活，并在反映中渗透了作家对社会生活的见解和评价；文学作品总是与各种各样的社会问题有着密切联系，充满了对社会人生的思考和追求。因而要正确评论文学作品，就不能没有社会批评。文学批评中的社会批评，具体表现在：从社会要求的角度来看文学的社会意义和历史价值，评估它在多大程度上反映了时代精神和历史的要求，并通过对文学作品的评论来评论社会生活。文学批评中的社会批评，不同于一般的社会批评，它是美学批评和社会批评的统一，是融合了美学批评的社会批评。

文学批评又是文学领域进行文学争论的重要手段。古今中外文学史表明，文学上的论争是经常出现的。文学领域内各种思想、观点、思潮和流派常常产生激烈的论争，这是必然的，不可避免的。文学上的各种争论，一般通过文学批评的形式表现出来。因此，文学批评又是文学界的主要争论方法之一。

在文学批评性质的探讨中，主体性问题为越来越多的人所重视。所谓文学批评的主体性是指批评家在批评中有着主导的地位和能动的作用。文学批评的主体性大致包括两个方面的内容：一是文学批评具有独立的品格。二是文学批评家具有主体意识。如前所述，文学批评偏重理性把握世界，具有科学属性。任何科学追求的都是真理，而作为科学的文学批评，其基本点在于它是在透彻理解文学家所遵循的艺术规律的基础上对作品做出实事求是的评价。文学批评和文学创作一样，都要有所发现，有所创造。文学批评的主体——批评家，在开展批评时，不是照本宣科的诠释，而是主体的创造。他们深识鉴奥，阐幽探微，对作品意蕴的揭示有时会超越作家，甚至从作品中发掘隐藏在文字、形象中的深层意义。人们呼唤批评的主体意识，就是强调批评家的能动作用，渴求批评的自立自强，从而在自由创造中，形成各具个性的批评，使批评作为一种特殊的审美创造同文学创作比翼齐飞。研究文学批评的主体性问题，强调文学批评的主体意识和能动作用，这对于拓展文学思维空间，开展科学的文学批评，促进文学创作，更好地发挥文学作品的教育、认识、审美功能，都具有积极意义。

二、文学批评的作用

（一）正确评价作品，激励作家创作

科学的、深刻的、善意的文学批评，必然含有许多真知灼见，作家把它当一面镜子，照出自己作品的优点和不足，从中得到鼓舞和启示。因此，优秀的批评家常常把发现、扶持、保护、阐明作家的优秀创作成果，激励他们的创作热情和独创的勇气作为自己的天职。俄国 19 世纪作家果戈里暴露俄国农奴制罪恶的作品《密尔格拉得》《小品集》刚出版，就遭到围攻，果戈里为此感到"惶惑、苦闷"。别林斯基则独具慧眼，奋力支持，写出了著名文学评论《论俄国中篇小说和果戈里君的中篇小说》，高度评价果戈里创作的思想艺术成就，使果戈里得到巨大鼓舞，进一步引发了创作才思，又创作出了《钦差大臣》《死魂灵》等优秀作品。由此可见，优秀的文学批评，对作家的成长，对创作的繁荣和发展会产生深远的影响。文学批评的强大生命力就在于对不断发展着的文学创作做出迅速敏锐的反应。有时它走在创作的前头，高瞻远瞩，对尚在萌芽状态的新作做出理论的预言，为将要出现的文学新思潮、新流派点燃明亮的路灯，对新文学的到来起着催生的作用。

（二）帮助、引导读者正确理解作品

有的文学作品的真、善、美及其精深的思想、独特的艺术成就，往往蕴藏在形象的深处，不是一眼就可以看清楚的。这正如刘勰所说的"文情难鉴"。如果读者不能领略作品精深美妙之处，就不可能得到充分的审美愉悦，所获得的教益也是很有限的。要深刻把握作品的意蕴，感受作品的美，这就需要文学批评的帮助。普列汉诺夫说："别林斯基可以使得普希金的诗所给你的快感大大增加，而且可以使得你对于那些诗的了解更加来得深刻。"优秀的文学批评还可以帮助读者区分真善美和假恶丑，提高识别能力，培养健康的审美趣味。

（三）总结创作经验，促进文学理论的发展

文学批评和文学理论既有区别又有着极为密切的联系，有时二者很难区分。一般说来，文学批评侧重于对作家、作品和其他文学现象的分析和评价，文学理论则偏重文学规律的概括和总结。文学理论是在文学创作实践的基础上概括出来的，它往往是通过文学批评对各个时代的文学创作、文学思潮等文学现象的评价和经验的探讨研究，总结带本质规律性的问题，从而形成文学理论。所以文学理论随着文学批评的发展而发展。而文学理论一旦形成，又反过来指导文学批评实践，并通过文学批评指导文学创作和文学运动。正如别林斯基所说，文学批评"在不断地运动，向前行进，为科学收集新的材料，新的根据。这就是运动中的美学"。杰出的批评家，都曾通过评论作品，总结经验，发现文学规律，在理论上做出了建树。这样的文学批评，影响所及远远超出了批评家自己的时代。亚里士多德的《诗学》，在西方产生了长久而深远的影响。钟嵘的《诗品》、刘勰的《文心雕龙》，对"自陈隋下讫五代"

的中国诗歌创作和诗歌评论，起到了理论的指导作用。别林斯基、杜勃罗留波夫的文学批评，指导和推动了俄国批判现实主义文学的发展。马克思主义文学理论中的许多原理，也是马克思主义的经典作家在文学批评中做出的深刻的理论概括。如"真实性""倾向性""现实主义""典型环境中的典型人物"等著名文学观点和原理，就是马克思、恩格斯在评论哈克奈斯、敏·考茨基等作家的作品时概括出来的。这些文学原理，为马克思主义文学理论的创建奠定了基础。现有的文学理论，都可以说是在文学批评中提炼出来的。随着文学创作的发展，必然还会不断出现新情况，提出新问题，文学批评当然就要不断地去研究新情况、新问题，总结新鲜经验，提出新的观点，促进文学理论的发展。

第二节　文学批评的标准

一、文学批评的标准的性质

文学批评标准是指人们鉴别文学作品质量高低、艺术上成败得失所据的基本尺度，也是用来分辨、评论其他文学现象是非曲直的准则。文学批评的标准，不是随意杜撰出来的，而是在批评实践中形成的，它与一定的社会历史条件和艺术水平相适应，集中反映了一定时代、一定阶级的政治观点和对文学的审美需要。文学批评可以有不同的标准，而且所使用的标准可以有正确与错误、先进与落后之分，但没有标准的文学批评却是从来没有的。文学批评史上曾经有人否定文学批评的标准。如法国印象派批评家认为，"我什么也不评断,我只是把我的感觉说出来罢了"。其实,他的"感觉"就是他的标准。为什么会有这样的感觉而不是那样的感觉,这显然是因为批评者心目中有一定标准的缘故。20世纪30年代,有些作家也极力鼓吹"无标准论",他们反对评论家"用一个一定的圈子向作品上面套,合就好,不合就坏",认为这算不上"真的批评家"。鲁迅指出:"我们曾经在文艺批评史上见过没有一定圈子的批评家吗?都有的,或者是美的圈,或者是真实的圈,或者是前进的圈。没有一定的圈子的批评家,那才是怪汉子呢。……我们不能责备他们有圈子,我们只能批评他这圈子对不对。"鲁迅所说的"圈子",就是批评家在评论作品成败得失时所依据的某种批评标准。由此可见,文学批评有一定标准,是不以人的主观意志为转移的客观事实。

文学批评的标准是人们对文学的本质、特征和社会功能的认识在文学批评上的反映,是人们从文学现象中概括出来的,它是历史的产物。不同时代、民族、阶级对文学有不同的认识和要求,因而文学批评的标准也就存在着时代、民族、阶级的差异性。也就是说,在不同时代、不同民族、不同阶级之间,不会有一个统一的、绝对不变的文学批评的标准。同一阶级在不同历史时期,由于阶级关系的变化,阶级利益和要求不同,文学批评标准也有所不同。例如,中国春秋时代的孔子,从他所创立的儒家社会政治思想和道德观念以及他对文学的认识出发,提出诗要"事君事父""乐而不淫""思无邪"的主张和要求。这实际上是孔子作为代言人为他那个时代、阶级提出的文学批评的标准。到了汉代,《毛诗序》又提出文学要"经夫妇,成孝敬,厚人伦,美教化,移风俗"和"赋、比、兴""上以风化下,下以风刺上,主文而谲谏",这显然是对孔子的批评标准的补充。此后,随着时代的变迁,人们对文学本质和特征的理解不断深入，批评家纷纷提出各自不同的文学批评的标准。在西方，最早提出文学批评标准的是古希腊的柏拉图，他站在奴隶主贵族的立场上来要求文学，他在他的《理想国》中规定了文学批评的标准，提出了"除掉颂神和赞美好人的诗歌以外，不准一切诗歌闯入国境"。17世纪的法国，统治阶级为了维护封建君主的中央集权制，制定了一整套体现王权意志的、指导文学创作和批评的准则，如理性主义、推崇古典、"三一律"等。这些都充分说明，文学批评不仅要有标准，而且不同的时代、不同的民族、不同的阶级，甚至是不同的文学流派和个人，都会有不同的标准。从总体上讲，人类进入阶级社会以来，各个阶级都要从本阶级利益出发，在文学批评的标准中渗透本阶级的功利要求，从而使文学批评标准带有阶级性。

文学批评标准的时代、民族、阶级的差异性，并不排斥批评标准某些内容的继承性。旧时代的文学批评家由于受时代和阶级的局限，还不可能深刻认识到作为上层建筑之一的文学的本质特征，他们所确立的文学批评标准，又往往不同程度地体现了剥削阶级的功利要求和审美趣味，这就使他们的批评标准难免带有阶级的偏见，或者不够准确，或者不够全面。但这并不等于说他们不可能在某些方面揭示出文学的局部规律。因此，文学批评史上提出的许多文学批评标准，大都含有某些合理的成分。文学批评的标准正是在批判继承前人的基础上，一代又一代发展和完善起来的。社会主义的文学批评标准，是建立在辩证唯物主义和历史唯物主义的基础上的，它批判地继承了人类文化的优秀成果，吸取了以往文学批评标准的各种合理因素，要求遵循文学自身的规律，坚持实事求是的原则，从社会生活和文学创作的实践出发，对具体的批评对象作全面深入的考察和分析，从而得出正确、公允的评价。

二、思想性标准和艺术性标准

文学批评的标准目前有多种提法,存在着争论。但多数人把文学批评的标准归纳为思想性标准和艺术性标准。文学作品是通过艺术形象反映现实生活,表现思想感情,是内容和形式、思想和艺术统一的整体。因此,思想和艺术就成了一部文学作品所不可缺少的两个方面。基于这种理解,人们也就相应的提出了评价文学价值的思想性标准和艺术性标准。恩格斯在评论拉萨尔剧本《弗兰茨·冯·济金根》时说:"较大的思想深度和意识到的历史内容,同莎士比亚剧作的情节的生动性和丰富性的完美融合。"这是从思想内容和艺术形式,或者说从思想性和艺术性两个方面提出的要求,而且要求二者完美地融合。在具体的文学作品中,思想内容和艺术形式是有机联系不可分割的,但文学批评却可以分别从思想内容和艺术形式两个方面去分析评价。因此,相对地区分为思想性标准和艺术性标准是符合文学规律的。

(一)思想性标准

文学作品的思想性,是指从作品的艺术形象中所显示出来的思想意义和情感态度的总和。文学作品的思想包括作家的主观思想和作品的客观思想两个方面。主观思想是作家通过形象对生活的认识与评价所流露出来的思想倾向,客观思想是作品的形象和形象体系实际上显示的思想。对于读者来说,作品的思想性是指作品的思想教育力度。

文学作品中的思想倾向和情感态度,不像理论文章那样用概念形式直说出来,而是通过形象、情节、场面、人物描写流露出来,通过意境创造体现出来，是形象的思想，艺术的思想。思想性标准所要衡量的就是一部作品所显示出来的思想倾向和情感态度，即在怎样的程度上表现了有助于社会历史进步，符合人民利益、要求的思想和愿望。运用思想性标准评价文学作品切忌简单粗糙，应当扩大文学视野，多层次多视角地观察复杂的文学现象，具体分析不同文学作品的不同情况。

第一，反映生活的真实性。文学的真实性，是通过艺术形象真实地再现社会生活本质及其发展规律的属性。真实性是文学形象性的基础，也是文学作品思想艺术魅力的基础。只有真实地反映了生活本质的作品，才有积极的社会效果，才会产生真正的价值。在这个意义上说，真实是文学的生命。不真实的作品，既不感人，也不能帮助人们认识生活，更加不可能给人审美享受。所以，真实性是衡量文学作品成败得失的一个重要尺度。文学批评的真实性标准，是指生活真实和艺术真实的统一。不同的文学作品反映生活的广度和深度是各不相同的。从生活转化为艺术，从生活真实升华为艺术真实，可以有各种不同的表现形态，这要根据具体作品进行具体分析。但优秀的文学作品应当要求在作品的形象体系中揭示出生活发展的某些本质方面。

第二，思想倾向的积极意义。一部文学作品总是渗透着作家的思想倾向和情感态度。从总体上来说，文学作品的思想倾向涉及的方面很多，它包括政治观点、社会观点、哲学观点、历史观点、道德观点、艺术观点等。思想倾向是否具有积极意义，是否给读者以健康的审美感受，这是衡量文学作品思想价值的又一个重要尺度。马克思主义文艺学认为，文学是帮助人们认识生活和改造生活的重要手段。优秀的作家，在艺术地反映生活的过程中，总是渗透着推动社会发展的先进思想和感情，把真实性和倾向性统一起来，从而艺术地深刻地揭示生活的本质和必然性。这样的作品能激励和帮助人们去认识世界和改造世界，推动历史前进。《水浒传》的思想价值在于真实地描绘了梁山泊农民起义，揭示了中国长期封建社会广大被压迫群众起来进行武装斗争的历史现实，其思想倾向的积极意义是十分显著的。也有一些作品，如山水诗、田园诗，它的思想倾向是以间接的或隐蔽的方式表现出来的。例如陶渊明的《归园田居》，李白的《蜀道难》等作品，都蕴含着积极的思想倾向，健康的审美情趣。对于这类作品，我们应该联系当时的社会现实和作家的际遇，恰当地评价它的思想意义。

第三，作品产生的社会效果。文学反映生活又反作用于社会生活。一部文学作品一旦发表出来，就会在社会生活中产生一定的影响。它在社会生活中起着什么样的作用，需要通过它的社会效果来检验。文学作品的社会效果具有怎样的价值，主要看它在社会生活中产生积极还是消极的影响，是否有利于提高人们的思想道德情操、丰富人们的文化娱乐生活。一个严肃的对社会负责的作家，他的创作总是注意社会效果的。毛泽东《在延安文艺座谈会上的讲话》中指出"检验一个作家的主观愿望即其动机是否正确，是否善良，不是看他的宣言，而是看他的行为（主要是作品）在社会大众中产生的效果。社会实践及其效果是检验主观愿望或动机的标准"。社会主义文学，肩负着建设社会主义精神文明的历史重任，要重视社会效果，这是时代的要求。

（二）艺术性标准

文学作品的艺术性是指作品通过艺术形象以反映社会生活，表现思想感情所达到的完美程度。诸如形象的描绘、典型的塑造、情节的组织、结构的安排、艺术手法的运用，以及作品的艺术风格、艺术独创性和艺术感染力等，都属于艺术性范围。艺术性标准的具体内涵，可以概括为以下几个主要方面。

第一，艺术形象塑造的生动性、典型性。文学作品是否有艺术价值，首先就要看它是否塑造了生动感人的艺术形象以及形象所达到的典型化程度。没有艺术形象或意境，就谈不上什么艺术性。从创作过程来说，是艺术形象的生动性和形象的典型化程度，标志着作家在思想、生活、艺术等各方面所达到的水平，是对作家艺术能力的集中检验。从作品本身来看，艺术形象塑造愈生动、典型化的程度愈高，它的艺术性就愈高，这是优秀文学作品艺术上获得突出成就的标志。因此，艺术形象的生动性、典型性，就成为衡量文学作品艺术水平高低的一个重要尺度。

第二，艺术形式的完美性、独创性。文学作品的思想内容是通过艺术形式表现出来的。艺术形式是为了表现思想内容而存在的。文学作品的内容和形式与别的精神产品的内容和形式比较起来，有其独有的特征和要求。别的精神产品如历史著作、哲学著作，人们注意的主要是它的内容，要求把内容表达清楚，论点明确，论证充分，而不要求它以美感形式使其具有审美形象性。文学作品就不同了，它只有通过完美的艺术形式，内容才能得到很好表达。如果形式失败，整个作品也就失败了。因此，文学批评的艺术性标准，不能没有艺术形式的要求。艺术形式的完美性包含两个方面：一是艺术形式表现内容的完美性；二是艺术形式各个要素组合的完美性，即语言、结构、表现手法、体裁，要完美地表达作品的内容，并组合成一个统一的整体。把握和驾驭这样复杂的因素，使之构成完美的艺术整体，这就需要发挥作家的独创性，只有匠心独运，才能别具一格。

第三，艺术的感染力。艺术感染力是文学的特性之一，因此它为历代作家、批评家所重视，成为评价文学作品艺术成就的一个重要尺度。古罗马诗人兼批评家贺拉斯曾说："诗必须有魅力，必须能按作者愿望，左右读者的心灵。"中国南朝批评家钟嵘对优秀诗歌的要求是："使味之者无极，闻之者动心，是诗之至也。"杜甫对李白的诗歌评论有"笔落惊风雨，诗成泣鬼神"之句，极力推崇李白诗歌的强烈的艺术感染力。他们都把艺术感染力作为美学追求的一个重要方面，认识到只有具有艺术魅力的作品，才能感动人，才具有较高的艺术价值。

文学批评中的思想性标准和艺术性标准是辩证统一的，它是由作品的思想性和艺术性的辩证关系决定的。在作品中，思想性和艺术性相辅相成，因而文学批评如果只强调思想性而忽视艺术性，或只强调艺术性而忽视思想性，都是错误的。在具体运用这两个标准时，既不能把二者机械地加以割裂，也不能机械地把某个标准排在第一，某个标准摆在第二。优秀的文学作品，其思想性、艺术性都是完美统一、浑然一体的，正确的文学批评应该把两者有机地结合起来，通过深入细致的分析从整体上把握作品。

第三节 文学批评的方法

一、文学批评的基本方法

开展科学的文学批评，除有正确的理论指导外，还必须有正确的批评方法。文学批评的方法，是指在文学批评过程中所遵循的基本原则以及所运用的手段和方式。文学批评的方法受文学理论、观点的制约，有什么样的理论就有与之相适应的方法。马克思主义文艺学认为，文学是一种审美的意识形态，它的批评方法就是美学方法和历史方法的统一。运用这种方法进行文学批评，就是要对批评的对象作出辩证、具体的考察和分析，揭示它们的本质和规律，这是一种科学的批评方法、基本的批评方法。下面谈谈运用这一批评方法的一些基本原则。

第一，从对艺术形象的感受和分析入手。一部作品就是一个形象体系，写进作品的社会生活、作家对社会生活的认识和评价、作家的审美理想和审美情感、作品的思想倾向、艺术手法、艺术成就等，都是通过艺术形象表现出来的。因此，文学批评必须从分析艺术形象入手。在感受形象的基础上分析形象，是正确评价作品的关键。通过形象的分析，才有可能较好地揭示形象和整个作品的意义，才能对作品的艺术性和思想性做出切合实际的审美评价。杜勃罗留波夫对冈察洛夫的长篇小说《奥勃洛摩夫》的批评，就紧紧抓住奥勃洛摩夫这个形象的主要性格特征，通过细致深刻的分析，概括出了典型的"奥勃洛摩夫性格"，指出这是"俄罗斯的产物，这是时代的征兆"，从而揭示了这部小说的巨大意义。那种离开作品的艺术形象，在艺术形象之外去评论作品的作法，是无法得出正确的结论的。

第二，要整体把握批评对象，知人论世，顾及全篇全人。世界上万事万物都是互相联系、互相制约的。我们研究任何问题，都要力求全面，忌带片面性，防止孤立地、静止地看待问题。任何一部文学作品，都是由多种因素构成的，而且与创作主体和一定的社会生活相联系。只有把批评对象看作是一个有机整体，并把它放在更大的系统中去加以考察，才能准确把握作品的内涵和意义。这是一种整体的批评方法。这种方法，要求文学批评顾及全篇全人，以及作家所处的社会、时代及作家的生活际遇等。

所谓顾及全篇全人，就是要善于把握作品的整体形象和总的思想倾向，不断章取义，盲人摸象，攻其一点，不及其余。对作家要进行全面的了解，既要把一个作家在某一时期的生活，思想和创作看作相联系的整体，加以系统把握；又要把一个作家的全部生活、创作经历以及各个时期的作品看作是前后关联、发展变化的动态过程，进行纵向考察。如果不能顾及全篇全人，对作品的分析和评价就难免会出现这样那样的偏颇和谬误。鲁迅曾以陶渊明为例，批评一些论者不顾全篇全人，只凭"采菊东篱下，悠然见南山"两句，便评断陶渊明只是"飘逸"。实际上，陶渊明也还有"精卫衔微木，将以填沧海，形天舞干戚，猛志固常在"之类的"金刚怒目"式诗篇。在证明着他并非整天整夜的飘飘然，这写出"猛志固常在"和"悠然见南山"的是一个人，因此倘有取舍，即非全人，再加抑扬，更离真实。鲁迅由此总结出文学批评的一个普遍规律："倘要论文，最好是顾及全篇，并且顾及作者的全人，以及他所处的社会状态，这才较为确凿。要不然，是很容易近乎说梦的。"

要整体把握批评对象，正确评价文学作品，除要求顾及全篇全人外，还必须"论世"，即结合时代进行全面研究。任何一个作家，都生活在一定时代的社会环境之中，他创作的文学作品，也是社会时代的产物，必然要受一定生活环境的影响和制约，必然要带有时代和作家本人独特生活经历的印记。因此，评价一部作品，就很难孤立地从作品自身之中求得正确的结论，而必须研究作品产生的社会时代，从社会、时代与作家作品的联系中，进行整体分析。列宁评价托尔斯泰的思想和创作，便是结合分析19世纪末俄国的社会矛盾，把托尔斯泰同俄国的社会现实、俄国的革命联系起来的，指出他的作品反映了"第一次俄国革命的历史特点，包括它的力量和它的弱点"，从而得出"托尔斯泰是俄国革命的镜子"这个著名的结论。

整体地把握批评对象，知人论世，顾及全篇全人的批评方法，就是"从事实的全部总和、从事实的联系去掌握事实"的方法。用这样的方法去进行文学批评，才能透彻地认识作家及其作品的全貌。

第三，力戒武断，防止求全责备，切实把握作品总的倾向。文学批评的对象是非常复杂的。文学是对社会生活的能动反映，因而作品既具有社会生活的复杂性、丰富性，又包含着作家丰富复杂的思想感情，所以任何文学作品都不可能是完美无缺的。有时优秀的作品可能存在一定的缺陷，平庸的作品也可能有某些优点。特别是古典文学作品，精华与糟粕共存更是普遍现象，这就要求"批评必须坏处说坏，好处说好"。主观武断的批评，其特点是不看文学作品的倾向，只是抓住其中一点，以偏概全，妄下断语。如有人根据《红楼梦》中的一些关于"色空"的议论，便断定它的主旨是宣传"色空观念"，是"情场忏悔录"。毋庸讳言，"色空观念"在《红楼梦》中确实有一定程度的表现，但它不是《红楼梦》总的倾向。这种武断的批评，不仅不符合作品实际，而且曲解了作家的真正意图，贬低了作品的社会意义。一部作品的价值，不是由个别场面、个别细节、个别片段决定的，而是由它的整体形象和总的倾向决定的。因此，我们评价作家作品应当注意把握作品总的倾向。总的倾向基本上是好的，即使有严重的缺陷，也应当基本上予以肯定；而总的倾向基本是坏的，应当给予严肃批评。世界上没有十全十美的作家和作品，正如鲁迅所指出的，"倘要完全的书，天下可读的书怕要绝无"，因此评价文学作品不能求全责备。

第四，比较异同，区分优劣，揭示独特之处。比较的方法，是人类认识客观事物的重要思维方法。事物的特点通过比较容易显示出来。诗人所谓"梅雪争春未肯降，骚人阁笔费评章""梅须逊雪三分白，雪却输梅一段香"，正好说明了这一点。同其他事物一样，作品与作品、作家与作家之间的特点、优劣及其联系和区别，也要通过比较才能更好地认识。恩格斯指出，"任何一个人在文学的价值都不是由他自己决定的，而只是同整体的比较中决定的"。因此，比较异同是文学批评中经常运用的，行之有效的批评方法。马克思在艺术批评实践中便经常把这一作家同另一作家相比较。如马克思对莎士比亚和席勒的评价，正是通过比较，深刻地揭示他们各自不同的特点。根据莎士比亚多方面地反映社会生活，表现五光十色的社会画面，塑造个性鲜明的人物形象，情节的生动性和丰富性等特点，马克思提出"莎士比亚化"的创作主张。而对席勒，马克思肯定他的作品具有强烈倾向性，但不赞成他那种"把个人变成时代精神的单纯的传声筒"的做法，反对创作中这种席勒式的表现。通过比较揭示了莎士比亚与席勒的创作特点，并概括为"莎士比亚化"与"席勒式"两种论断，启示作家根据艺术规律端正创作方向，生动形象地表现社会生活。运用比较批评方法，可以更深刻理解作家作品的创作特点，对指导文学创作扬长避短，不断提高质量和水平，也有其不可替代的意义和作用。

二、文学批评方法的多样性

文学批评发展到今天，流派迭起，而且一个流派往往包含着一种观念，一种观念又决定着一种批评方法。如果把它们加以归纳，大体可分为三大类、社会学批评、心理学批评、语言学批评。社会学批评总的特点是把文学从本质上看成为一种社会历史现象，要求从社会历史的视角来研究文学。这种文学批评盛行于19世纪下半叶，至今还有主导的地位。心理学批评兴起于19至20世纪之交，跟现代心理学的兴起与西方"世纪末"思潮有密切联系。它侧重从心理学的角度来认识文学现象。心理学批评包含着实验心理学批评、精神分析学批评、神话原型批评等多种派别，目前在西方仍有相当势力。语言学批评，指的是从俄国形式主义经由布拉格学派，英美新批评派以至法国结构主义这一系列的学派，它们都以"文本"的分析作为理论批评的基础，在发展过程中也都直接间接地接受了现代语言学尤其是索绪尔创立的结构主义语言观念和方法的启发。这是20世纪影响颇大的批评流派。

社会历史的文学批评方法的根本特点，是把作家、作品以及一切文学批评的对象，置于特定的社会环境之中，历史地、辩证地考察它们的价值。社会历史批评专家认为，文学与社会历史密不可分，文学是社会生活的反映。作家是作为社会的一名重要成员去反映某一特定社会环境中的现实。因此，社会历史批评要研究作家、作品与社会环境之间的关系。判断一部作品价值的高低，主要是看它反映的社会生活是否真实，它所反映的生活的广度和深度如何，是否反映出一定社会生活的某些本质，以及它的艺术成就的大小。社会历史的文学批评的理论基础是马克思、恩格斯奠定的，它不同于实证主义的社会学批评那样由于某种社会现象的研究，而是从经济基础与上层建筑、社会存在与社会意识关系的宏观认识出发，揭示一个与时代社会经济基础相适应的该时代文学产生、发展和变革的规律，从而确立唯物史观在文学批评中的指导地位。社会历史批评在发展过程中曾出现了一种庸俗化的倾向。而马克思主义者始终与庸俗社会学进行着斗争。列宁在阐述马克思恩格斯所确立的历史唯物主义学说及其理论活动时指出："他们把全部注意力集中于：不让这些初步真理庸俗化，过于简单化，不使思想僵化，不使黑格尔的辩证法这个唯心主义体系的宝贵成果被遗忘。"马克思主义的社会历史批评与庸俗社会学批评毫无共同之处。马克思主义的社会历史批评，既重视美学的批评，又重视历史的批评；既重视客观的社会生活，又强调作家主观能动性；既重视作品的思想性，又重视作品的艺术性。社会历史批评既反对文学作品是作家的纯粹自我表现的观点，又反对单纯强调艺术形式的倾向。

马克思主义的社会历史批评方法与其他各流派的批评方法比较而论，它是一种比较全面、科学的批评方法。例如，精神分析主义的文学批评，仅仅停留在人的心灵的层面上，基本不触及文学与时代社会的关系，而且注重无意识的内容，一般不涉及艺术形式，因而具有较大的片面性。形式主义的批评，把自己的批评建立在"文体中心论"的基础上，认为艺术就是艺术，是一个自在自足的系统，反对对作品进行社会历史评价，显示了这种批评的狭隘性。而神话原型批评，把文学看成是潜在于人的心灵深处的数千年的种族文化的积淀，是神话传说的重新被唤起，是一种"集体无意识"的再显现，这是缺乏科学根据的。当然，各种文学批评方法各有其特点，各有其长短，各有其不可替代性，但比较起来，从文学批评理论体系的总体构架上看，马克思主义的社会历史批评的理论体系及其美学的、历史的批评方法，有着更加坚实科学的哲学基础，而且符合文学自身的规律，有着更加广阔的视野，因而有利于从总体上把握文学作品的价值。但是，任何一种批评方法都有自身的局限性，十全十美、能覆盖一切文学现象的批评方法是不存在的。马克思主义的社会历史批评方法也不能例外。马克思主义本身也是发展的，马克思主义的社会历史的文学批评方法不是一个封闭系统，它需要不断地发展和完善。现在文学界有些学者倡导开放性的社会历史批评方法，这是有益的探讨。所谓开放性，就是要敢于并善于吸取别的批评方法的有益成分，并加以消化，从中吸取营养以丰富自己，提高和发展自己。

第九章　中国古代文学理论的发展

第一节　中国古代文学理论的发展

中国文学理论,总结了中华民族文学发展所积累起来的丰富的艺术经验,形成了自己优秀的理论传统,显示出鲜明的民族特色,是世界文化宝库中最值得珍视的财富之一。

一、中国古代文学理论的形成

先秦时期是中国古代文论的形成阶段,有关文学的见解,大抵散见于各种著作中。诗歌是文学史上最早出现的一种文学品种,由于诗歌创作的发展,从西周到春秋时代,人们逐渐形成了对诗歌作用的一些看法,那就是,作诗可以表达自己的哀乐之情,表达对别人和事物的赞美与讽刺,通过诗歌,可以了解人们的思想感情,考察一定时代的风俗民情。

春秋末期战国初期,是中国从奴隶制向封建制转化、过渡的历史大变革时期,在文化学术上,出现了空前繁荣的百家争鸣局面,一批政论、哲理著作相继问世,如《墨子》《老子》《庄子》《孟子》《荀子》等,孔子开创的儒家学派有关学术文化及诗乐的论述,对后世产生了重大而又深远的历史影响,加上道家学派老庄美学思想的成就和影响,中国古代的文学理论才奠定了基础并初步形成。

孔子的思想言行主要见于《论语》中,他的文艺思想有保守的一面,也有进步的一面。孔子重视文艺在道德修养、交际等方面的重要意义,对文学的性质、特点已有一定的阐释,对文学的美感作用、认识作用和教育作用也作了比较全面的理论概括。孔子确立了儒家评论的标准,要求"思无邪",主张"乐而不淫,哀而不伤",倡导"中和"之美,而对于不符合这一原则的民间乐曲则采取凝视、排斥的态度,指责"郑声淫",主张"放郑声",直接导致了后来以"温柔敦厚"为基本内容的"诗教"的建立。在内容和形式的关系问题上,孔子主张文质并茂,形式和内容完美结合,"文,犹质也,质,犹文也""质胜文则野,文胜质则史,文质彬彬,然后君子",后代论述文学的内容和形式问题,都受到过孔子这些论点的启发。

老子的文艺思想是与儒家重视文艺的思想分庭抗礼的。老子开创的道家学派,从天道无为的自然现象和更林归立的社会历史现象出发,全盘否定文艺应有的社会地位和历史作用,但老子道法自然的主张和朴素的辩证思想,对后来的文学创作和理论批评却有其独特的意义,影响也非常深远。《庄子》一书集中反映了战国中期以庄子为代表的道家文艺思想。它的基本文艺观是崇尚自然,反对人工雕琢,认为"朴素而天下莫能与之争美",强调文艺要有真情实感,"不精不诚,不能动人",《庄子》对自然美的提倡,开启了后来文学审视本色美、朴素自然美的艺术倾向。在文学的表现方式上,一方面指出语言不能尽意,但又不完全否定其作用,指出"言者所以在意,得意而忘言",初步揭示了言、意之间的特殊审美关系,并在文艺美学领域首次提出了一个新的理论课题。后世诗论推崇"言外之意""不落言筌",都是对《庄子》这一思想的继承和发挥。

以孔子为代表的儒家文艺思想,强调了文艺与政治的关系,重视实用功利,重视理性自觉和主观能动性;而以庄子为代表的道家文艺思想,则从另一方面强调了人与外界的超功利关系,突出了艺术的审美思维特征,探讨了艺术创造的非认识性规律。两千多年来,儒家学说一直以其牢固的现实根基居于思想的统治地位,道家作为它的对立面,两者相辅相成,互相补充,构成一条贯穿整个封建社会的思想主线,并始终有力推动和支配着中国文学理论的演进和发展。

文学流派是文学繁荣时期的产物。最富于创造性的中华民族,在遥远的古代就创造了灿烂的文化。中国古代神话的形成,比希腊神话早十个世纪;《诗经》的创作时代,比《荷马史诗》早两个世纪。中国文学创作经过长期发展,至西周和春秋战国时期,形成了历史上第一个繁荣期,无论诗歌或散文,都呈现出群芳竞秀、万紫千红的景象。在这个繁荣时期,实际上已经产生了各种不同的文学流派,只是当时尚未被人们所认识而已。值得注意的是,从先秦到两汉时期,一些敏锐的思想家在鉴赏文苑百花的时候,开始用比较、分析、综合之法,较其异同,归其类别。这个认识过程就孕育着"流派"概念的胚胎。

《诗经》是中国第一部诗歌总集,大约编定于公元前六世纪中叶,共收入西周初年(公元前十一世纪)至春秋中叶(公元前六世纪)大约五百多年的诗歌三百零五篇,按风、雅、颂三类编排。这种分类,历来论者多认为是从音乐上来划分的:即"风"是各诸侯国的地方乐调,"雅"是朝廷和京城附近的乐调,"颂"是宗庙祭祀的乐歌或舞曲。这种解释并非没有依据,但是不够全面。因为风、雅、颂产生的地域不同，作者的地位、身份、教养不同，所表达的思想感情不同，作用不同，加上乐调不同，从而形成了不同的特色、格调，呈现出不同的风格。《国风》产生于黄河中下游及汉水流域一带，大都是劳动人民的口头创作，反映了劳动人民的生活和思想感情，具有刚健、清新、质朴、活泼的民歌风格；大、小雅产生于京畿，作者大都是统治阶级内部的人物，其中《小雅》多为讽喻之作，反映了多方面的社会矛盾，偏重咏怀抒愤，具有早期文人诗的特色；《大雅》的大部分用于朝会宴飨，偏重叙事，主要描写统治阶级的生活，旨在颂扬"美德"，其风格类似颂诗；《周颂》《鲁颂》《商颂》则主要用于庙堂祭祀，所谓"美盛德之形容，以其成功，告于神明者也"（《毛诗序》），故多歌功颂德之事，极富宗教色彩，具有雍容富丽、板滞典重的风格。风、雅、颂三种迥然不同的风格，显然不是单从乐调上所能区分的。

其实，对于这一点，古代的一些学者也早已注意到了。唐孔颖达《毛诗正义》云："风、雅、颂者，诗篇之异体；赋、比、兴者，诗文之异辞耳。大小不同，而并为六义者，赋、比、兴是诗之所用，风、雅、颂是诗之成形。用彼三事，成此三事，是故同称为义。"

孔氏对于《诗经》"六义"的解释是有权威性的。他认为赋、比、兴是诗的语言和表现方面的不同，是借以构成一首诗的形态的艺术手段；而风、雅、颂则是"诗篇之异体"，即诗的不同风格，这种风格是从诗的总的形态，即从思想内容和艺术形式的统一中体现出来的。这里所说的"体"，与《文心雕龙·体性篇》中的"体"是同一概念，其含义大致相当于现代的"风格"这一术语。

宋代朱熹承孔颖达之说，进一步阐明了风、雅、颂的不同风格。他在《诗集传序》中说："然则国风、雅、颂之体，其不同若是，何也？日吾闻之凡诗之所谓风者，多出于里巷歌谣之作，所谓男女相与咏歌，各言其情者也。若夫雅、颂之篇，则皆成周之世，朝廷郊庙乐歌之词；其语和而庄，其义宽而密；其作者往往圣人之徒，固所以为万世法程而不可易者也。"

这位理学家崇雅颂而抑国风的观点无疑是一种偏见，但他能从诗的作者、内容、乐调、作用等多方面加以综合考察、比较，鉴别风、雅、颂之"体"（即风格）的不同，这一点还是可取的。

孔、朱二人对于风、雅、颂的解释，比单从音乐上来解释风、雅、颂的说法，显然更加全面妥当，更能反映《诗经》几类作品的不同风貌。由此观之，风、雅、颂的划分，可以说是中国古代文论中关于风格流派概念的第一颗胚珠。《国风》可称为"民间歌谣派"，《小雅》可称为"讽喻诗派"，《大雅》可称为"宫廷诗派"，《颂》可称为"庙堂文学派"。过去笼统地把《诗经》称为现实主义流派，是极不准确的。

春秋战国时期，由于社会经济和社会分工的发展，出现了专门从事精神生产的知识分子阶层——"士"。这些"士"们，适应列国政治、军事的需要，到处游说讲学，著书立说，于是诸子散文兴起，形成不同的学术流派，百家争鸣。

中国第一个伟大诗人屈原创造的以抒情为主的楚辞即"骚体诗"，以"其言甚长，其思甚幻；其文甚丽，其旨甚明"（鲁迅《汉文学史纲要》）的独特风格，直接影响了当时和后来一批诗人的创作，成为中国第一个浪漫主义诗歌流派。司马迁《史记·屈原列传》称："屈原既死之后，楚有宋玉、唐勒、景差之徒，皆好辞而以赋见称，然皆祖屈原之从容辞令，终其敢直谏。"班固《离骚序》亦云："然其文弘博丽雅，为辞赋宗，后世莫不斟酌其英华，则象其从容。自宋玉、唐勒、景差之徒，汉兴；枚乘、司马相如、刘向、扬雄，骋极文辞。好而悲之，自谓不能及也。"这两位史学家都把屈原和宋玉、唐勒、景差之徒放在一起来加以评述，指出其师承关系、风格相近之处及其思想、艺术成就的差距。虽然司马迁和班固都没有提出"流派"这个概念，但是从其后历代文论之以"屈宋"并称，到近世论者之以屈、宋等人为派，莫不导源于此。

以上史实说明，从先秦到两汉时期，文学流派的概念虽然还没有出现，但一些有识之士从作家作品的分类评价中，注意到同类型的作家作品的区别点和同类型作品的近似点，在他们的头脑中造成了一些趋向于流派概念的感觉、印象以及这些印象间的外部联系。可以说，这是对于文学流派认识的感性阶段。

二、中国古代文学理论的萌发期

魏晋南北朝时期是中国"文学的自觉时代"。这时，文学从两汉"独尊儒术"的思想桎梏中解放出来，取得了独立地位。随着文学创作特别是诗歌创作的繁荣，文学理论批评迅速发展，一批有开拓性的专门文学论著，如曹丕的《典论·论文》、陆机的《文赋》、刘勰的《文心雕龙》、钟嵘的《诗品》等，相继问世。从这些论著来看，作者对于文学流派的认识已经由感性阶段推进到了知性阶段。

（一）关于邺下文学集团的评述

包括曹氏父子和"建安七子"在内的魏国邺下文学集团，是中国文学史上第一个最合乎规格的文学流派，史称"建安文学"。它有领袖，有团体，有共同的政治理想和文学主张，有庞大的创作队伍和代表性作家作品，成就斐然，影响深远。据钟嵘《诗品》载，这个文学集团以曹氏父子为主干，刘桢、王粲为羽翼，其追随者近百人，诚可谓"彬彬之盛，大备于时矣"。

"建安七子"最初出于曹丕《典论·论文》。该文首述七子驰骋文坛，并驾齐驱之势；次论七子创作个性、风格及其优劣、长短，如言"王粲长于辞赋，徐干时有齐气""陈琳、阮瑀善为章表书记""应玚和而不壮，刘桢壮而不密，孔融体气高妙"，皆言简意赅，语多精到。曹丕还在《与吴质书》中描述了他与七子等"行则连舆，止则接席，何曾须臾相失，每至觞酌流行，丝竹并奏，酒酣耳热，仰而赋诗"的情景，从他们的日常生活和艺术志趣方面透露了这个流派自觉结合的因由。曹植《与杨德祖书》则从曹操的爱惜人才、招揽文士方面说明了这个文学集团聚集的原因。

刘勰《文心雕龙》更多处论及邺下文学集团，阐明了这个文学流派形成的时代背景及其创作风格。《时序》篇云："自献帝播迁，文学蓬转；建安之末，区宇方辑。魏武以相王之尊，雅爱诗集；文帝以副君之重，妙善辞赋。""东思以公子之豪，下笔琳琅，并体貌英逸，故俊才云蒸。观其时文，雅好慷慨，良由世积乱离，风衰俗怨，并志深而笔长，故梗概而多气也。"《明诗》篇论其共同特色："慷慨以任气，磊落以使才；造怀之事，不求纤密之巧；驱辞逐貌，唯取昭晰之能。此其所同也。"这些论述较之司马迁和班固对"屈宋"的评述更加精密周到，实际上已经多方面触及到文学流派的特质了。

（二）"体"——表述风格流派的新概念

在魏晋南北朝时期的文学理论批评中，出现了许多新概念，"体"即其中之一。"体"的本义为身体、四肢，引申之，可认为"物质存在的形态"，如"固体""液体"之类。在古代文论中，"体"作为文学理论批评的一个专门术语，有两种用法：一是"体裁""体式"；一是体派、风貌、格调，大致相当于现代的"风格"。在中国第一篇文学论文《典论·论文》中，这两种用法并存。所谓"文非一体，鲜能备善"和"难通才能备具体"的"体"指"奏议""书论""铭诔""诗赋"等各种体裁。所谓"文以气为主，气之清浊有体，不可强力而致"和"孔融体气高妙"的"体"，则指由于作家气质个性不同而形成的各种独特风格。

自曹丕提出"文以气为主，气之清浊有体，不可强力而致"的理论后，"体"作为近乎"风格"术语的用法越来越广。如《诗品》论陆机"才高词赡，举体华美"，张协"文体华净"，谢灵运"杂有景阳之体"，曹丕"颇有仲宣之体"，张华"其体华艳二郭璞"，陶潜"文体省净"等，均用"体"的概念说明作家风格。至《文心雕龙》专列《体性》一篇，论风格的成因及分类。

刘勰认为，由于作家的才能、气质、学识等不同，在创作中就呈现出不同的面貌。总结众多作家的创作，可以归纳为"八体"，即八种风格。这是中国最早的富有学术价值的"风格论"，它对后世文论影响极大。初唐李蟒《评诗格》的"十体"说，中唐皎然《诗式》的"十九体说"，晚唐司空图《诗品》所列"二十四品"等，皆源于此。

由于刘勰所标"八体"是从大量的文学现象中抽象出来的，每一"体"

都概括了许多风格类似的作家,因此"体"这一概念不仅指作家个人风格,而且还有流派风格的含义。与刘勰同时的萧子显,在《南齐书文学传论》中说:"今之文章,作者虽众,总而为论,略有三体。"他所说的"三体"是:与谢灵运风格相类似的作家为一体;傅咸、应璩等"虽不全似,可以类从"的作家为一体;与鲍照风格相类似的作家为一体。这简直是以"体"的概念划分流派了。又有《南齐书陆厥传》称:"汝南周颙善识声韵,约等文皆用宫商,以平上去入为四声,以此制韵,不可增减,世呼为永明体。"这种以"体"概括同类作家的说法,一直为后来的史书和文论所沿用。如唐代令狐德棻等修撰的《周书·庾信传》称,徐陵、庾信"既有盈才,文并绮艳,故世号为徐庾体焉"。当然,所谓"永明体""徐庾体""上官体""富吴体"等,严格地讲都还不能算作流派,但从几位作家关系甚密、相互切磋而又风格相近,或者围绕一两个作家而有一批作者翕然从之的情况来看,至少可以说是带有流派性质的。是故循此以降。至明清时期,以"体"为"派"的说法就越来越普遍了。如"元白体"即"元白诗派","西昆体"即"西昆诗派","江西宗派体"即"江西诗派","丁钟谭体"即以钟惺、谭元春为代表的"竟陵诗派"等。

(三)"宗流"——钟嵘划分诗歌流派的尝试

钟嵘的《诗品》是一部评论五言诗的专著,品评了汉魏至齐梁的一百二十三位诗人,分上、中、下三品:上品十一人,中品三十九人,下品七十三人。

风格论是流派论的基础。《诗品》中多处以"体"的概念来说明作家的风格，足见钟嵘特别注重风格特点的研究。他选用了各种富有美感意味的词语来品评诗人的不同风格，如评班姬之"清捷"、曹植之"奇高"、陆机之"华美"、张协之"华净"、张华之"华艳"、左思之"精切"、郭泰机等之"警拔"、颜延之之"绮密"、曹操之"古直"、谢庄之"清雅"等，语皆精当。他又采取比较分析的方法，按风格特点来确定作家之间的渊源或师承关系。钟嵘评论每一位诗人，总是把他同其他诗人作一番比较对照之后，才确定其风格源流。"宗流"这个概念就是在对许多作家创作风格的比较研究中形成的。

通览《诗品》，可以看出钟嵘划分诗歌流派的方法有二：一为纵剖法，即将不同时代或有师承关系的诗人，按风格源流划分为源于《国风》《小雅》和楚辞三派。以"情兼雅怨"者为源出于《国风》的一派，列曹植、刘桢、左思等十二人；以长于怨悱者为源出于《小雅》的一派，仅列阮籍一人；以"怨深文绮"者为源出于楚辞的一派，列李陵、班姬、王粲、曹丕等二十人。二为横断法，即将同时期风格相近的诗人列于同品同条。这样，《诗品》所论一百二十三位诗人，除袁宏、谢惠连、任昉、傅亮、谢庄、区惠恭、袁嘏、陆厥等八人既未著其源流，又未归类以外，都被划归了各自所属的派别或类型。

应该指出，这种划分有着严重的缺陷。由于钟嵘对一些诗人的艺术风格把握不准，对划分流派的标准又无严格的规定性，往往只是抓住一些诗人的某些相似点就把他们划为一派，因而难免有牵强附会之弊。所以钟嵘所划分的各个流派，都没有得到后人的承认。应该说，这次划分流派的尝试基本上是失败了。尽管如此，我们还是应该肯定，这是一次大胆的、具有开拓性意义的尝试。可以说，钟嵘是中国文学史上第一个试图对作家作品划分流派的文艺理论批评家。

三、中国古代文学流派理论的形成

唐代是中国文学艺术高度繁荣的黄金时代。文坛名家辈出，流派林立。以李白、杜甫为杰出代表的浪漫主义和现实主义诗歌艺术，如双峰并峙，竞秀争奇；从王孟诗派、高岑诗派、元白诗派、韩孟诗派，直至晚唐五代的花间词派，似众水分流，千姿百态；宋承唐代传统，诗文代变，词艺鼎盛，西昆诗派、江西诗派、四灵诗派、江湖诗派，比肩接踵而出。这都为"流派"概念的形成提供了良好的气候和土壤。加上前代文论家们对于流派问题的开拓性探讨，为文艺评论启示了新的途径，于是"流派"概念形成的条件就逐渐成熟了。

（一）流派概念的演变

杜甫《戏为六绝句》称"杨王卢骆当时体"，虽仍沿用"体"的概念来概括初唐四杰的共同创作倾向和艺术风格，但已具有更加严格的流派规定性。韩愈《荐士》诗云："五言出汉时，苏李首更号。东都渐弥漫，派别百川导。建安能者七，卓荦变风操。"首次将"派别"的概念用于文学评论，较之钟嵘的"宗流"概念，含义更加显豁明确。至北宋末期吕本中作《江西诗社宗派图》并编刊《江西诗派诗集》，正式提出了"诗派"之说。南宋胡仲弓《送丁炼师归福堂》诗云："易东流派远，千载见斯人。"第一次使用了"流派"这个术语。从此，这个术语便一直为后世所沿用。

（二）流派划分的进展

唐末张为作《诗人主客图》，专论中、晚唐诗人流派。他以诗歌风格为标准，以白居易等六人为六"主"（即六个流派的主要代表），每"主"下有"上及室""入室""升堂""及门"等不同等第的"客"（即这一流派中成就不同的诗人）。

该图在风格流派的区分和诗人等第的安排上，亦有如钟嵘《诗品》论风格源流的牵强附会之弊。如诗名赫赫的元稹位在无甚影响的杨乘之下，韦应物、李贺、杜牧三人诗风迥异而同属于一派，孟郊、贾岛、姚合三人诗风相近而分属于两派，鲍溶、武元衡创作成就不高而各立为一派之主。但总的来看，比钟嵘的流派划分毕竟要严格得多，前进了一步，在文学批评方面开了一种风气，对后世产生了一定影响。

（三）流派作品集的刊行

以某一流派的创作倾向和情调为标准选录作品，结集刊行，始于唐代殷璠。殷氏所编《河岳英灵集》，选录了王维、王昌龄、储光羲、孟浩然、常建、刘慎虚等二十四人的诗作二百二十八首，力崇王孟诗派清雅幽远的艺术境界，从理论上代表了这个诗派的倾向，但这还不能算纯粹的流派选集，因为集中也选有不属于王孟诗派的诗人，如高适、王昌龄等人的作品。至元结所编《箧中集》，集其亲友沈千运等七人的五言古诗共二十七首，其《序》云："吴兴沈千运，凡所为文，皆与时异，故朋友后生，稍见师效；能类似者，有五六人。"可见这本集子已具严格的流派性质，可视为中国文学史上第一部流派诗集，只是由于集中作者"名位不显"而历来不为人所瞩目罢了。

为人瞩目的第一部典型的流派作品集是五代后蜀赵崇祚编的《花间集》。该集收温庭筠、韦庄、薛昭蕴、欧阳炯、皇甫松、孙光宪、牛峤、李珣、和凝、毛文锡、顾夐、鹿虔扆、阎选、尹鹗、魏承班、毛熙震十八家之词，以香软茌弱的词风构成为一个有名的流派，史称"花间词派"。此后，宋初有杨亿所编《西昆酬唱集》，收杨亿、钱惟演、刘筠等十五位宫廷诗"更迭唱和，互相切盛"的五、七言律诗二百四十八首，以内容贫乏，形式华美的浮靡诗风构成为一个流派，史称"西昆诗派"。欧阳修《六一诗话》称："自《西昆集》出，时人争效之，诗体一变。"可见其在当时的影响。北宋末期有卷帙浩繁的《江西诗派诗集》及续集的刊行。南宋中叶有书商陈起刊行的《江湖诗集》及续集、后集，收刘克庄、戴复古、刘过、方岳等一百零九人的诗作，以集中诸人风气习尚相似，故称"江湖诗派"。这些流派作品集的问世，为流派的提倡开辟了新的途径，其影响所及，明清时期编刊流派诗集、词集、文集之风日盛。

（四）流派理论的确立

北宋以黄庭坚为盟主的江西诗派，是中国文学史上第一个最自觉、最严格、影响最大的文学流派。之所以说它最自觉，是由于这个流派的最初确认者吕本中已有明确的流派概念，并按照构成流派的条件将黄派诗人二十五人（加上吕氏本人共二十六人）罗列起来，编成《江西诗社宗派图》，其《宗派图序》乃是"江西诗社"正式成立的宣言。之所以说它最严格，是由于这个诗派有集团、有领袖、有独特的文学理论和创作方法。而且所有成员师承关系甚密，诗风大体一致。之所以说它影响最大，是由于宋代诗坛自欧、苏以后几乎全部被这个诗派支配，南宋并称"中兴四大诗人"的杨万里、陆游、范成大、尤袤，以及萧德藻、陈造、姜夔、裘万顷、戴复古、刘克庄等，亦无不蒙受其影响。最后由刘辰翁、方回把江西派诗风带到了元朝。

江西诗派的出现，不仅在创作上影响深远，而且在理论上也引起了极大反响。因为江西诗派的主要成员，既是创作家，又是理论家。黄庭坚独创"学杜""点铁成金""脱胎换骨""去陈反俗"好奇尚硬之论。陈师道在《后山诗话》、吕本中在《江西诗社宗派图》和《紫微诗话》中均大力加以阐释、发挥。这些理论既是江西诗派创作实践的总结，又是他们创作的指南。他们的理论和创作，均以新奇的面貌而引起文坛的广泛注意，一时论者蜂起，毁誉参半。胡仔《苕溪渔隐丛话》、赵彦卫《云麓漫抄》、方回《瀛奎律髓》、陈振孙《直斋书录题解》、范温《潜溪诗眼》、严羽《沧浪诗话》等，对于江西诗派都有或详或略、或褒或贬的评价。杨万里的《跋徐恭仲省干近诗》《送分宁主簿罗宠材秩满入京》，郑天锡的《江西宗派》等，则是专论流派的论诗。杨万里的《江西宗派诗序》，刘克庄的《江西诗派总序》《江西诗派小序》，则是专门评论江西诗派的论文。这些论著，对于江西诗派的源流发展、形成的原因、创作的得失、理论的利弊，及其同其他流派，如西昆诗派、四灵诗派、江湖诗派之间互相影响消长的关系等问题，作了有益的探讨。如方回倡"一祖三宗"之说（"一祖"为杜甫，"三宗"为黄庭坚、陈师道、陈与义），弥补了吕本中《宗派图》的不足；杨万里认为，理解江西诗派的特色，应求之于江西诗派共同遵循的"活法"，求之于"风味"，而不应求之于"形似"，并指出江西诸诗人的风味同中有异；刘克庄从宋初诗歌发展历史论述江西诗派的形成过程；严羽论北宋至南宋不同诗派的彼此消长。所有这些，都开始从总体上来揭示文学流派的本质和内在联系，在理论上有建树。可以说，围绕江西诗派而展开的讨论和争议，是中国古代流派理论初步确立的标志。至此，对于文学流派的认识已由知性阶段推进到了理性阶段。

四、中国古代文学理论流派的发展

明清时期是流派概念进一步充实和完善，流派理论进一步确立和发展的时期。

（一）流派倡导的自觉性

随着流派概念的形成，从明代开始作家们更加自觉地标榜门户，倡导流派。持不同文学见解、立不同文学主张的作家，各成流派，互相争论，逐渐成为风气。如明代文坛，先是以三杨（杨士奇、杨荣、杨溥）为代表的"台阁体"诗文风靡一时；接着在反"台阁体"文风中，先后出现了以李东阳为代表标榜唐宗法杜的"茶陵诗派"，分别以李梦阳、何景明和李攀龙、王世贞为代表的"前后七子"，鼓吹"文必秦汉，诗必盛唐"的复古派。在反对古派的斗争中，王慎中、唐顺之及后来的茅坤、归有光等，则另张一帜。主张诗宗初唐，文宗北宋，号称"唐宋派"；而袁氏三兄弟（宗道、宏道、中道）针对拟古之风，首标"独抒性灵"之说，开创了"公安派"；钟惺、谭元春为矫公安末流之弊，则"以纤诡幽渺为宗"，世称"竟陵派"。

清代亦然。作家因创作思想有别，艺术志趣不同，而自觉地结成各种流派，如"神韵派""格调派""性灵派""桐城派""阳湖派"，直至晚清以何绍基、郑珍、莫友芝所倡导的"宋诗派"，陈衍、郑孝胥所倡导的"同光体"等。明清这些流派，都有明确的宗旨，鲜明的旗帜，有自己的理论和创作。各派之间，或大同小异，或势不两立；或彼此推崇，或互相竞争，以扩大自己的影响，巩固自己的地位。可见他们提倡流派的自觉性，大大超过了以往任何时代的作家。

（二）流派划分的普遍性

文学流派的划分，明清以前基本上只限于诗，明清时期逐步由诗而及于词、文、戏剧，以至诗文评论和其他艺术门类。

散文流派的倡导，始于明代茅坤《唐宋八大家文抄》的编选。茅氏本着文道合一、旨远辞文的标准，于该书《总序》中溯源流以昭文统，于书中各篇评语中明法度以示规范，遂以韩、柳、欧阳、三苏、曾、王八家为宗，唐宋为派，独辟门庭，对后世散文流派的提倡影响甚大。清代以方苞、刘大櫆、姚鼐为代表的，流行最广、历时最长、声势最大的桐城文派，就是沿着这条道路而自觉形成的。

词的分派，于北宋末女诗人李清照《词论》和胡寅《题酒边词》已露端倪。李氏针对苏轼的"以诗为词"而发词"别是一家"之论，主张保持柳永、晏几道"一派"（即"婉约派"）传统风格；而胡氏则扬苏抑柳，从理论上论证了"逸怀浩气"词风（即"豪放派"）崛起的重要意义。两人各为一派张目，不过当时尚未正式以"派"相称。元代张炎在其论词专著《词源》中，于豪放、婉约两派之外，特立"清空"一目以姜夔为宗，另标一派。至清代词学大兴，论词归宗标派之风日盛。

戏剧流派的划分，始于明代王骥德。其所著《曲律》云："临川之于吴江，故自冰炭。吴江守法，斤斤三尺，不欲令一字乖律，而毫锋殊拙；临川尚趣，直是横行，组织之工，几与天孙争巧，而屈曲整牙，多令歌者咋舌。"遂有"临川派"（即以汤显祖为代表的言情派）与"吴江派"（即以沈璟为代表的格律派）之分。

此外，诗文评论也开始出现明显的派别。如清代王士禛倡导的"神韵说"，沈德潜标榜的"格调说"，袁枚提倡的"性灵说"，翁方纲鼓吹的"肌理说"，与其说是创作流派，不如说是理论流派，因为他们在理论上的影响远远超过其在创作上的影响。至于桐城派的文论，浙派和常州派的词论，也都自成体系，各自为派。清代中叶以后，随着骈体文的兴起，出现了以阮元、蒋湘南直至刘师培为代表的"文笔派"。晚清随着"红学"（《红楼梦》的研究）的兴起，又出现了所谓"索隐派"。

文学以外，其他艺术的流派划分，也是从明清时期开始的。如绘画，明代董其昌首倡"南北宗"之说，把唐至元著名山水画家分为南北两派，以李思训为北派之宗，王维为南派之祖。此后，明有"浙派""吴门派""松江派"之分，清有"虞山派""太仓派""新安派""江西派""扬州派""岭南派"等之别。明清篆刻艺术有"徽派""浙派""邓派""闽派"等流派。又如音乐，古琴亦有"浙派""虞山派""广陵派""新浙派""川派"之分，琵琶则有"浦东派""平湖派""崇明派""无锡派"四大流派。因此，可见当时划分流派风气之盛。

明清以前对于流派的研究，一般还停留在微观研究上，即局限于某一具体流派的评述。到明清时期，一些文论家开始注意流派的宏观研究，即从纵的或横的方面作综合性研究，这是一个很大的进展。

以上就是中国古代文学流派概念和流派理论形成发展过程的一个大概轮廓。

这个发展过程说明，随着文学创作的繁荣而产生流派，随着流派的出现而形成流派概念和理论，这是一条规律。中国诗歌源远流长，且长期被尊为"正统"，故诗派的划分最早、也最多。词兴于唐缓于宋，至宋末元初而有"婉约""豪放"两派之分。散文经唐宋古文运动，至明代始以唐宋为派，清代文派之论大振。戏剧兴于唐宋，亦至以明代而"临川""吴江"分派。至于小说，因历来被正统文人轻视，发展比较缓慢，至明清才繁盛，故在古代文论中很少有关于小说流派的划分和论述。近代梁启超将小说分为"理想派"和"写实派"，夏曾佑之分为雅、俗两派，都十分笼统。直至鲁迅将清代小说分为"拟古派"（以《聊斋志异》为代表）、"讽刺派"（以《儒林外史》为代表）、"人情派"（以《红楼梦》为代表）、"侠义派"（以《三侠五义》为代表）四派，才有小说流派的正式划分。

第二节 文学随社会的发展而发展

文学是人类社会历史发展的产物，是社会生活在作家头脑中反映的结果。所以文学总是首先适应着社会历史发展的需要而发展演变的。人类社会历史由低级阶段逐渐向高级阶段发展。从原始社会、奴隶社会、封建社会，发展到现代资本主义社会、社会主义社会，这是人类社会发展的历史必然。与社会历史发展阶段相适应，文学的性质、内容和形式也在不断地发展变化，新的文学思潮、流派和文学运动也在不断地形成与发展。这是不以人的意志为转移的客观规律，也是马克思主义关于文学发展规律的最基本观点。

一、文学社会性质的变化与内容的发展

社会历史形态及社会生活内容决定文学的性质和内容。这也就是说，有什么样的社会形态和社会生活，就有什么性质和内容的文学。比如在原始社会，由于社会生产力落后，人们认识世界和掌握世界的能力极为低下，为了生存与发展，人们只能通过想象和幻想的方式对大自然做出形象的解释。于是就产生了与之相适应的文学形式与内容——神话。同时，在原始社会里，人们的生活内容主要是劳动，而且人人都是劳动者，人与人没有阶级区别，人们的社会关系是平等合作的关系，人们的社会利益是一致的，这就决定了原始社会的文学性质与内容的无阶级性特点，文学反映的内容主要是原始的劳动生活和用以解释世界的神话，以及原始社会人的理想与追求等。

到了奴隶社会，阶级产生了，出现了奴隶主和奴隶，出现了阶级剥削和压迫。因此，文学中就出现了反映阶级压迫和反抗的生活内容：一方面表现奴隶主阶级的征战、掠夺，享乐的生活内容；另一方面表现奴隶阶级受剥削、受压迫的悲惨生活和反抗精神。中国《诗经·豳风》中的《七月》，就描写了从周代先人后稷、豳公（公刘）以来，奴隶社会生活的实景，抒写了奴隶们一年中的辛勤劳动，真实地反映了当时的生产关系和阶级压迫。

《魏风》中的《伐檀》《硕鼠》则深刻、具体地反映了劳动人民反剥削反压迫的斗争精神，有力地揭露和辛辣地讽刺了奴隶主贵族的不劳而获。

在封建社会里，社会的主要矛盾是地主阶级和农民阶级的矛盾。所以，文学一方面反映封建帝王、地主老爷的生活和思想，揭露封建统治者的丑恶面目；一方面反映劳动人民的悲惨生活，赞扬劳动人民的高尚品德和斗争精神。中国汉赋和南朝宫体诗，许多都是反映封建统治阶级腐朽糜烂的生活内容和败坏颓废的道德观念。《水浒传》就一方面揭露了封建统治阶级对劳动人民的残酷剥削和压迫的情景，另外一方面描写了劳动人民奋起反抗的斗争生活。

到了资本主义社会，在资产阶级上升时期，为适应新兴的资产阶级发展的需要，文学反映的大都是新兴资产阶级反封建，要求自由、民主、平等、博爱的内容，如但丁的《神曲》、薄丘的《十日谈》、塞万提斯的《唐·吉诃德》、莎士比亚的戏剧等，都表现了一种积极进取的探索精神，给新兴资产阶级以极大的鼓舞。但是后来，资本主义社会进入原始资本积累时期，社会矛盾进一步激化，资本主义"金钱关系"统治着人的社会关系，资本主义制度的腐朽、没落日趋严重。因此，时代造就了巴尔扎克、狄更斯、托尔斯泰等一大批伟大的批判现实主义大师，他们在自己的作品中都不同程度地深刻揭露和彻底批判了资产阶级的丑恶面目，反映了资本主义制度下不可调和的社会矛盾。20世纪以来，现代资本主义的发展又带来了深刻而广泛的社会危机，尤其是资本主义列强为重新瓜分世界、掠夺财富而发动的世界大战，给人类社会造成了极为残酷的灾难，使社会处于全面的危机之中。于是，就产生了资产阶级"玩代派"文学，以表现资本主义社会中人的危机意识，如卡夫卡、福克纳、乔伊斯、贝克特、马尔克斯等人的作品就是这个特定时代的产物。

社会主义文学则是随着无产阶级革命斗争的发展而产生、发展起来的。它集中反映了无产阶级反压迫、求解放的斗争生活，塑造了一代无产阶级新人形象，如《国际歌》《母亲》《毁灭》《钢铁是怎样炼成的》，以及中国的《太阳照在桑干河上》《暴风骤雨》《红旗谱》《保卫延安》《红岩》《青春之歌》等。社会主义文学在内容上以鲜明的社会主义性质，成为人类历史上最进步的文学。它的产生，是时代的需要，是社会历史发展的必然。正如鲁迅所说："无产文学，是无产阶级解放斗争的一翼，它跟着无产阶级的社会的势力的成长而成长。"

总之，人类历史诞生以来，就不断地向前发展，社会生活也在不断地丰富。每当社会发展到一个新的阶段，就必然给文学提供了新的表现对象、新的社会生活内容。所以说，每一时代的文学在性质和内容上的发展变化，都是由社会历史的发展变化所引起、所决定的，是社会历史的发展变化在文学上的反映和表现。

二、文学思潮与文学运动的发展

社会生活的发展变化引起文学流派、文学思潮和文学运动的产生、变化与发展，这是文学发展的基本规律之一。

在西方，最早产生的文学运动是欧洲的文艺复兴运动。它是随着资产阶级反对封建的革命运动而发展起来的。在中世纪的后期，由于科学技术的发展大大促进了生产力的发展，相应地促进了资本主义生产关系的形成，资产阶级作为一种新生的政治力量登上历史舞台并发展、强大起来。于是，一种与封建神学和经院哲学相对立的人文主义思潮便随之产生发展起来。这个时代，既是欧洲社会政治经济大变革的时代，也是欧洲从中世纪宗教蒙昧统治下大解放的时代。这样的时代便要求产生与之相适应的文学思潮，这就是文艺复兴运动。它要求文学运用人民群众的俗语，借用古希腊、罗马的文学题材和主题，揭露和抨击宗教的蒙昧统治，宣传新的社会理想和人文主义世界观，从而开创了欧洲文学史上的新纪元。自此之后，欧洲文学史上的古典主义、浪漫主义、现实主义，以及现代西方文学史上的现代主义等文学思潮，无不是社会历史发展的产物，是社会生活在文学中的反映。

魏晋以后，随着社会的发展，一方面广大作家更加注重文学的特性，强调想象、形象、音律在创作中的作用，使文学进入一个"自觉的"时代；另一方面，许多士族权贵为维护其封建统治的需要，在文学创作上片面追求骈俪、对偶、声律、用典等形式技巧，造成了极坏的影响，甚至到了中晚唐，封建统治者还强制推行六朝绮靡骈俪的文风。所以，这时以韩愈、柳宗元为代表的一批进步的知识分子，随着唐代中小地主及其知识分子政治、经济地位的上升，掀起了轰轰烈烈的古文运动，提倡以古文取代骈文，以有思想内容的作品取代无病呻吟、专事辞藻的作品，并期望通过古文运动推进社会的变革。在唐代古文运动影响下，后来又出现了宋代的诗文革新运动和明代的反复古主义运动等。这些文学思潮和运动都是一定的社会关系和社会矛盾斗争发展的产物，是社会历史发展的必然。中国五四运动更是这样，五四运动是伴随着实现民主、科学的要求，以及反帝反封建的无产阶级斗争生活而产生的，它标志着中国文学的一个崭新的历史阶段。

第三节　文学发展的社会原因

影响和制约文学发展的社会原因是多种多样的。这里笔者从社会的物质生产、科学的发展、文化交流与影响、其他意识形态的演变等方面展开论述。

一、物质生产与文学的发展

马克思主义认为，"如果不从物质生产的特殊历史形式去考察物质生产本身，就不可能了解与之相适应的精神生产的特点以及两者的相互作用"。按照马克思主义的基本原理，一定社会的精神生产是以一定社会的物质生产为基础的。直接的物质生活资料的生产，构成社会的现实基础，人们首先要吃、穿、住、行，然后才有可能从事政治、科学、宗教与文学艺术等精神活动。精神活动可以对物质生产起促进或阻碍的作用，却不能脱离物质生产而孤立地存在。换句话说，就是精神生产是受一定的物质生产方式所制约、所决定的。物质生产方式不同，就有不同的社会形态以及与之相适应的精神生产方式，包括艺术生产方式，即艺术生产总是同一定社会的物质生产方式相联系，有什么样的物质生产，在一定意义上就有什么样的艺术生产。

从社会发展看，物质生产的每一次大发展都对文学的发展演变有着不可估量的意义。原始社会文学具有集体创作和与其他艺术形式混合在一起的特点，而这正是由原始社会生产水平低下，物质劳动和精神劳动尚未分工所决定的。奴隶社会和封建社会的正统文学，就总体而言，是附庸于在经济上占统治地位的剥削阶级的。这显然又是同当时经济发展状况相联系的。随着生产力的提高，物质财富的不断增加，精神生产与物质生产得以分工并逐步成为社会分工的特殊部门。同时由于社会财富集中在一小部分人手里，从而产生了森严的等级制度，而作家由于缺乏经济上的独立而常常依附于统治阶级。到了资本主义商品经济时代，物质生产力迅速发展，市民阶层形成并逐步发展为一股不可忽视的社会力量。作家有了中产阶级的支持才在一定程度上摆脱了官方的意识形态控制而获得较大的创作自由，文学发展的多元局面才有可能形成。显然，资本主义物质生产方式下的艺术生产，比封建主义物质生产方式下的艺术生产，有着巨大的历史进步意义。但是，在资本主义社会，一切形式的生产，无论是物质生产还是精神生产，都已经商品化了，甚至各种最高的精神生产，也只是由于被描写为和谬误为说明为物质财富的直接生产者，才得到承认而且在资产者眼中成为可以宽恕的。正如马克思所说："一个作家之所以是生产劳动者，并不是因为他的生产观念，而是因为他使出版他的著作的书商发财，即使他只是生产劳动者，充其量不过他是某一资本家的雇佣劳动者而已。"因此，就资本主义物质生产方式的本质来说，它是破坏和阻碍艺术生产的合乎规律的发展的。

在社会主义社会，人民是社会的主人，物质生产实行有计划按比例的发展，因此作家艺术家再不是剥削阶级的雇佣，再不用把文学艺术当成为了生存而赚取金钱的手段和工具，从而使艺术生产与物质生产获得统一，自己成为艺术生产及其产品的真正主人。所以，从社会主义制度的优越性来看，它有利于解放艺术生产力，有利于作家艺术家同广大人民群众的密切联系，有利于促进艺术生产的发展，为文学艺术开辟了无限广阔的、光辉灿烂的发展前景。当然，社会主义制度本身还处于发展之中，还需要不断改革和完善，有时由于政策上的失误，也会影响和妨碍艺术生产的发展。不过，这只是暂时的现象，它会在社会主义制度自身的不断完善和改革中，得到纠正和克服。这是由社会主义根本制度所决定的，也是社会主义艺术生产不同于资本主义和一切剥削阶级社会艺术生产的根本区别所在。

当然，一定社会的艺术生产及其发展受一定社会的物质生产及其发展的制约，这只是就文学发展的总体而言，讲的是文学发展与物质生产发展的一般关系。事实上，文学发展与物质生产发展还存在不平衡关系。比如，在一定时期内某些国家尽管经济比较落后，但在文学艺术方面却出现繁荣发展的情况。

为什么会出现艺术生产的发展和物质生产的发展不平衡的情形呢？依照马克思主义观点，经济基础是文学发展的最终决定条件，但物质生产并不直接决定艺术生产。比较直接地影响和制约艺术生产的，首先是政治上层建筑，以及阶级的政治斗争；其次是其他意识形态如哲学、宗教、道德和时代风尚等，在物质生产发展的一定阶段，它们或促进文学艺术的繁荣，或阻碍文学艺术的发展；再次，文学艺术的发展还受自身的内部条件和特殊规律的影响和制约，因而造成艺术生产与物质生产之间发展的不平衡。这也是马克思主义关于文学合乎规律发展的基本观点。

二、科学进步与文学的发展

科学，包括自然科学、社会科学和思维科学。它以自然、社会和思维为研究对象，目的是运用观察和实验、假设、演绎等方法以达到对人类自身及生存环境各个侧面本质规律的揭示。科学采用理论思维，文学运用艺术思维，它们有着本质上的区别，但又有着深刻而广泛的密切联系。人类早期，由于科学思维不发达，文学艺术将没有生命的表现对象非自觉地灵性化，这时文学和科学是融为一体的，而且文学是依附于科学的，比如文学和宗教、历史科学、伦理道德学说的不可分性就说明了这一点。后来，随着社会的发展，文学与科学分道扬镳，但科学对文学发展的影响却更为明显。比如法国19世纪作家司汤达之所以能够率先写出被誉为心理小说鼻祖的《红与黑》，一方面是由于他对哲学、历史、数学和力学的深入钻研，另一方面又得益于他对爱情心理的科学兴趣和缜密研究——他的《爱情论》是当时不可多得的"爱情心理学"著作。作为"书记官"的巴尔扎克，他的《人间喜剧》将九十多部小说结构成为一个有机整体，按照他自己的说法，其构思成熟过程，完全是受到自然科学发现的启示。

如果说科学直接影响文学创作常常表现为文学发展局部变化的话，那么科学影响文学批评理论所带来的成果则常常是文学发展的整体性演变。发端于精神病理学和精神病治疗法的精神分析法，由于弗洛伊德者们的努力而成为国际性思潮。它几乎影响着文化的各个领域，其中也包括文学。从弗洛伊德对《俄狄浦斯王》《哈姆莱特》《卡拉马佐夫兄弟》等一系列作品采用独特的批评方法开始，精神分析法呈现出不断向文学领域渗透的趋向，并最终构成了西方现代派文学的思想支柱之一。文学批评理论虽然以艺术思维成果为研究对象,但又必须以科学的理性思维作为依托。当代西方文学批评理论三大派系无不受到科学研究的影响:心理批评学派受到心理学研究的影响,形式主义批评学派受到语义学、语言学和语法学研究的影响;而读者反映批评学派则受到阐释学等的影响。这种科学研究成果以及方法论不断向文学批评理论渗透并进而推动文学创作的情况,反映了当代文学科学和创作发展的趋势。

此外,科学技术的进步,促进了文学的传播,使文学产生更广泛的影响力,也相应地促进了文学的发展。如造纸术和印刷术的发明与进步,现代电子传讯媒介的发展,对文学发展所产生的巨大作用是显而易见的。不仅如此,现代科学技术的发展还促使新文学样式的形成与发展,如电影文学、电视文学、科学幻想文学、摄影文学的出现与发展就是很好的说明。

三、文化交流与文学的发展

从文学发展史来看,在文学发展过程中,各国各民族文化的相互交流、相互影响也发挥了重要作用。比如,印度佛教传入中国,就对中国古代文学产生了巨大影响。如果没有佛教文化的影响,中国古代文学的发展是不可想象的。同样,没有中国文化在西方的传播,也就不会有伏尔泰的《赵氏孤儿》、布莱希特的戏剧、英美意象派新诗运动等。就欧洲文学来说也是这样,在文艺复兴运动中,如果没有意大利但丁和薄迦丘的影响,英国的莎士比亚、法国的拉伯雷和西班牙的塞万提斯等人的创作就不可能取得那样的成就。如果没有外来文化的移植和影响,美国文学就不可能形成、发展起来。这说明,社会越向前发展，世界性的文化交流越来越多，各国各民族文学相互影响的深度和广度也在不断加强与扩大，这必将有力地促进各国各民族文学的相互交流、影响与融合，有力地促进民族文学的发展。

四、其他意识形态与文学的发展

文学作为一种社会意识形态，在其发展过程中，与其他社会意识形态诸如政治、宗教、艺术等，都有着非常密切的联系。这是探讨文学发展规律一个不可忽视的很重要的方面。

总之，文学发展的社会原因是多种多样的，但归根到底，它是由社会的经济基础决定的，是证实社会历史的发展变化而发展变化的。这是马克思主义关于文学发展的最基本的观点。

第四节 文学发展中的继承与革新

文学发展除了受社会历史发展的制约和影响外，还表现为文学自身的继承、借鉴和革新，即文学在其发展过程中，既有其纵向的历史继承性，又有其横向的借鉴，以及在继承、借鉴中的革新。

一、文学发展的历史继承性

文学发展中的历史继承性，就是指文学在其自身的发展进程中，新文学和旧文学之间普遍存在批判接受的纵向承传关系。这是文学发展规律的一个重要内容。

从文学发展史看，一个时代的文学总得接受前一时代文学的影响，一个作家的创作总是在继承前人优秀文学遗产的基础上进行。有一种观点认为，真正意义上的文学创作必然表现出对于文学传统的彻底否定。但是，这种看法在创作实践上是不可能的，在理论上则更是站不住脚的。不管是什么意义上的文学创作，我们都无法想象它有可能脱离和抛弃既往的文学创作成果。

首先，任何事物，任何文化形态在其发展过程中都表现出前后的相承性。马克思说："人们自己创造自己的历史，但是他们并不是随心所欲地创造，并不是在他们自己选定的条件下创造，而是在直接碰到的、既定的，从过去承继下来的条件下创造。"文学的活动也不例外。

其次，文学是一种特殊的社会意识形态，其特殊性是建立在自身运动的相对独立性和稳定性这个基础上的。从宏观看，一个时代的文学，一方面依据社会生活的实际情况，另一方面又必须也必然以前个时代文学作为自身创造的参照系。从具体的创作实际看，作家无论对生活的认识感受多么丰富，无论对于艺术创新行着多么热切的追求，他都只能在文学语言的承袭和积累的基础上来进行创造；从读者欣赏的角度看，文学产品不同于一般的物质产品，其消费并非一次性的，那些优秀的文学作品以其独特的审美价值超越一定时代、民族，成为人类共同精神财富而代代相传，历代的读者们也正是在接受以往的文学成果基础上来鉴赏、评论当代文学创作的。

二、文学发展中的横向联系

文学发展不仅表现在文学自身内部的历史继承性上，而且还表现在同一时代或同一历史时期内不同空间或领域的横向联系上。这主要表现在以下几个方面。

首先，文学创作与文学欣赏表现为交互作用并相互推进的历史联系。一定的文学接受既可以造就某一作家推动某一风格或某一类型的文学创作，也能够对一定的创作倾向起抑制作用。19世纪上半叶的法国浪漫主义兴起，由于《巴黎圣母院》《三个火枪手》等洋溢着浪漫主义激情的小说广受读者欢迎，所以雨果式的昂扬跌宕、乔治桑式的典雅激情和大仲马式的神秘离奇大量涌现，几乎占满了整个法国小说界。而与此相反的是，虽然《红与黑》和《巴马修道院》是司汤达奉献给法兰西读者两部不可多得的杰作，但由于法国读者界的冷落，司汤达式的冷域心理分析小说没有滋泛为创作潮流。在读者以其自觉或不自觉的审美理想、审美趣味影响着作家创作的同时，作家们尤其是那些优秀的作家也总是以他们生生不息的创造力去培养读者，塑造读者。18世纪法国启蒙作家孟德斯鸠、伏尔泰和狄德罗等人的文学实绩就是最突出的例证。有时候，作家对读者的影响在速度上可能非常缓慢，但真正的文学杰作最终必然会培养出成批读者，《红与黑》《等待戈多》和《红楼梦》就属于这种情况。文学创作与文学欣赏就是这样在不断的互动中推进整个文学进程的。

其次，文学创作中不同流派，不同风格、类型之间相互竞争碰撞、渗透融汇，也是文学发展内部横向联系的一个重要内容。

整部文学发展史表明，不继承文学遗产，就无从创造新文学，不创造新文学，就没有真正意义上的文学继承。继承是基础，创新是目的。在继承的基础上创新，在创新的指导下批判继承，这就是文学发展中继承和创新的辩证关系。任何社会的文学，任何作家的创造，只有把握并坚持这两者的辩证统一，才有可能促进文学的正确发展和繁荣昌盛。

参考文献

[1] 张少康. 中国古代文学创作论 [M]. 北京大学出版社, 1983.

[2] 赵则诚. 中国古代文学理论辞典 [M]. 吉林文史出版社, 1985.

[3] 张伯伟. 中国古代文学批评方法研究 [M]. 中华书局, 2002.

[4] 王兆鹏. 中国古代文学传播研究的六个层面 [J]. 江汉论坛, 2006(5):5.

[5] 总傅璇琮, 蒋寅. 中国古代文学通论 [M]. 辽宁人民出版社, 2005.

[6] 宫伟伟. 论两汉时期文学的内涵 [J]. 重庆科技学院学报:社会科学版, 2023(1):6.

[7] 周欣. 古代文学经典的教学改革与实践——以《古文观止》的教学为例 [J]. 湖北开放职业学院学报, 2023, 36(3):3.

[8] 曹慧林, 谭林春. 新文科视域下古代文学课程改革的路径探寻 [J]. 当代教研论丛, 2023, 9(1):5.

[9] 韦丹. 文化地理学视域下传统优秀文化在古代文学中的体现 [J]. 中学地理教学参考, 2023(3):1.

[10] 袁晓薇. 古代文学的跨界传播与地方文化的传承创新——以安徽古代文学资源的创意转化为中心 [J]. 滁州职业技术学院学报, 2023, 22(1):4.

[11] 赵维国. "域外中国古代文学研究"专题主持人语 [J]. 文艺理论研究, 2021(1):1.

[12] 潘晓玉. 中国古代文学理论的当代价值及辩证审美意义分析 [J]. 最小说, 2021, 000(001):P.15-18.

[13] 李天鹏. 运思·言说·意义生成·阐释方式——中国古代文艺理论话语体系 [J]. 中外文化与文论, 2021(1):14.

[14] 赵维国. "域外中国古代文学研究"专题主持人语 [J]. 文艺理论研究, 2021(1):15-15.

[15] 杨海燕. 立足古代文学理论, 指导古诗词鉴赏 [J]. 读与写: 下旬, 2021(12):0136-0136.

[16] 张晶. 从范畴到命题——从文艺美学回望中国古代文艺理论 [J]. 文学遗产, 2021(2):10.

[17] 张子川. 中国古代民族文论逻辑体系的建构——评《中国古代文学理论》[J]. 中国教育学刊, 2021(3):1.

[18] 朱晓美. 浅谈《论语》《诗经》对古代文学理论的作用 [J]. 山东商业职业技术学院学报, 2021.

[19] 张晶. 中国古代文艺理论中"天机"论的现象学观照 [J]. 2021(2013-1):167-174.

[20] 武建雄. 文学本位观念回归背景下古代文学教学改革初探 [J]. 天津电大学报, 2022, 26(2):48-53.

[21] 吴寒.《卷耳集》之争与古代文学研究机制的生成 [J]. 文艺理论与批评, 2022(2):12.

[22] 刘天骄. 庄子"虚静"理论对古典文学审美价值观的影响 [J]. 内蒙古财经大学学报, 2023, 21(1):4.

[23] 温瑜. 新文体学理论的介入对古代文学研究的意义 [J]. 淮北师范大学学报：哲学社会科学版，2023, 44(1):6.

[24]《中国文艺评论》编辑部，陈伯海. 历史与现实的对话——访中国古典文学理论家陈伯海 [J]. 中国文艺评论，2023(2):14.

[25] 倪孟达. 新媒介视角下中国古代文艺理论发展研究 [J]. 文化创新比较研究，2022, 6(28):4.

[26] 朱耀龙. 对当代中国新时期文学理论发展的反思 [J]. 现代语文：上旬. 文学研究，2022(11).